KB013291

선택 is the key

선택
is the key

남지현 지음

목차

모든 선택에서 빛나는 고유성

언젠가 한 직원이 내게 이런 말을 한 적이 있다.

"사장님, 사실 없어졌다고들 하지만 세상에는 신분이란 것이 아직 있는 것 같아요."

그때, 나는 그의 말을 부정하지 않았다.

당신은 어떻게 생각하는가. 당신 또한 세상에 불공평함을 느끼고 있는가?

맞다. 세상 모든 것에는 급이 있다. 잔인하고 냉정하지만, 현실은 그렇다. 그 현실은 지금 살아가는 우리 모두에게 해당하는 말이다.

모든 분야엔 최고의 자리가 있다. 패션에는 명품이 있고, 운동 경기에는 순위가 있는 것처럼 승부에는 승자와 패자가 있고, 타고난 사람과 타고나지 않은 사람이 있다.

세상에는 급이 있다. 그건 우리를 기쁘게도 하고, 서글프게도 한다. 누군가는 이걸 불공평하다고 하고, 누군가는 각자의 노력이 중요하다고 한다. 또 누군가는 이것을 재능이나 타고난 능력이라고 하고, 누군가는 운이라고 한다. 그리고 누군가는 이것을 자기 암시를 통해 극복하고자 한다.

하지만 그 누구도 태어나면서부터 자기 삶을 선택할 수는 없다. 우리의 삶에서 선택이라는 의미가 얼마나 무기력하게 다가오는가.

그건 내게도 마찬가지였다. 이런 생각은 때때로 나를 절망적이고 좌절된 구렁텅이로 몰아갔다. 나는 불공평한 세상에 엄청난 분노를 느꼈고, 이윽고 무기력하게 순응하기도 했다. 감정에 매몰되었던 것이다.

그러던 어느 날, 나는 스스로 이렇게 질문했다.
'선택이란 건 정말 좋은 걸까?'
'선택에서 나는 정말 자유롭고 주체적일 수 있을까?'
어느 순간부터 진정한 선택의 의미를 깨닫게 되고, 그 단어가 가진 진정한 자유를 느낀 후부터 내게 선택이라는 의미가 달라지기 시작했다. 삶의 변곡점이 된 것이다.

우리 삶에서 선택이라는 의미는 사실상 새로운 변화의 기회가 될 수 있다. 사실 선택은 삶에서 희망적이고 긍정적인 요소이다. 그것을 느낄 수 있다면, 삶이 진정 자유로워지는 것을 경험하게 된다.

"선택, 선택이라는 단어를 생각하면 어떤 느낌과 이미지가 떠오르나요?"

내가 강연을 시작하면서 가장 먼저 던지는 질문이다.

우리는 삶에서 수없이 많은 선택의 순간을 맞이하고, 결정을 내려야 하는 순간을 마주한다.

흔하고 진부한 단어가 결국 우리의 인생에서 가장 깊이 연결된 요소다. 떼려야 뗄 수 없는 선택 앞에서 갈등하고 고민하는 사람들을 위해 선택이라는 단어와 끝없이 함께해온 나의 지난 여정들을 꺼내어 보기로 했다.

누군가의 삶에서도 선택이라는 단어가 다시 새롭게 다가오고 변화하는 계기가 되기를 바라며 이 글로 마음을 전해본다.

여정을 떠나기 전 가장 먼저 당신에게 해주고 싶은 이야기가 있다. 모든 사람에게는 반드시 단 하나의 특별한 재능이 있다는 것이다. 그건 그 사람만의 고유성이자 고유한 빛이다.

이 빛은 모든 악조건을 갖추었어도 그 사람만이 가진 특별한 무언가다. 타고나길 머리가 나쁠 수도 있고, 건강이 안 좋을 수 있다. 또는 가난한 집에서 태어날 수도 있다. 하지만 이 모든 나쁜 조건들 속에서도 그 사람만이 가진 특별한 무언가가 반드시 하나는 있다. 나는 자기 자신 안에 있는 이 빛을 반드시 찾아야 한다고 말하고 싶다.

보통 세상에서 존재하는 최고의 자리는 단 하나지만, 그것이 반드시 우리 모두에게 최고는 아니다. 누군가는 선망하는 자리가 누군가에게는 주어지더라도 가지고 싶지 않은 자리일 수 있다. 믿을 수 없는 사람도 있겠지만, 우리는 그만큼 서로 다르다. 그렇기에 각자가 눈부시게 빛날 수 있다. 삶은 각자의 몫이기 때문이다.

같은 나라, 성별, 나이, 성격, 직업을 가졌더라도 나와 똑같은 삶을 살아가는 사람은 이 세상에 없는 것처럼, 이 빛은 모두에게 다르다. 같은 종교라도 사람들에겐 각자가 보는 신의 모습이 다르고, 같은 사랑을 하더라도 그 사랑의 형태는 각자 다른 것처럼 말이다.

나는 늘 새로운 것을 좋아해서 사람마다 가진 고유함을 발견하는 것이 즐겁다.

나는 평소에 자주 이런 이야기를 한다. 어느 날 친구는 내 이야기를 들으며 말했다.

"내가 봤던 사람 중 네가 제일 특이해."

나는 예상치 못한 답변에 웃음이 터졌다. 나의 고유함을 독특하다고 인정해줘서 고마웠고, 그 말로 인해 내가 특별하다고 느꼈다.

'특별하다'는 것이 어색한 사람들도 있겠다. 그렇지만 우리는 누구나 고유하기에 서로의 특별함을 알아주는 건 즐겁지 않은가?

다만, 이 빛은 타인이 절대 관여할 수 없다. 이 고유한 빛의 영역은 오로지 자기 자신만의 영역이라 자기 자신만이 찾을 수 있다.

나는 이 책을 읽는 모든 사람이 자기 자신만의 고유한 빛을 찾을 수 있길 바란다.

우리는 사는 동안, 이 빛을 찾는 여정을 보낸다. 빛을 찾기 전까지 고통스럽고 공허한 하루하루를 보내기도 한다. 때로는 잘못된 길에 들어서기도 하고, 심지어 타인의 삶을 나의 삶처럼 좇기도 한다. 나 또한 빛을 좇는 중이다. 나의 삶은 아직 끝나지 않았기에, 이 순간에도 여전히 무수한 고민과 걱정이 친구처럼 함께하고 있다.

누구보다 이 빛을 계속 따라가며 찾고 싶다면, 인생을 살아갈 때 태도와 선택을 잘 해내야 한다.

선택, 이 주제로 책을 쓰고 싶다고 생각해 왔다. 남들에게 조금은 독특하게 보이는 나의 선택, 그 후에 펼쳐졌던 나의 이야기를 보면, 누구보다 선택이라는 단어에 대해 갈등하고 고뇌해 왔다고 말하고 싶다. 하지만 막상 글로 쓰려고 하니, 자신감에 차 있던 과거의 내가 우습게도 선택이라는 주제는 그 어떤 주제보다 어려웠다.

알파벳 B와 D 사이에 C가 있는 것처럼, 삶은 Birth와 Death 사이에 Choice가 있다.

선택은 삶과 떼려야 뗄 수 없는 연결고리로, 우리는 세상을 살아가는 이상 선택에서 시작되어 선택으로 끝나는 존재들이다. 그렇지만 세상 사람들이 얼마나 다양하고 다른지를 확인한 나는 선택이란 게 각자에게 얼마나 다르게 느껴지는지도 알았다.

누가 감히 다른 이의 선택에 대해 정답을 논할 수 있는가. 다섯 살짜리 아이의 삶조차 선택해 줄 수 없는 것이 인간이고, 고작 내일조차 알 수 없는 것이 인간인데 과연 내가 글을 쓸 자격이 있는가, 하는 생각도 들었다.

그래서 나는 그저 내가 지켜온 것을 이야기하려고 한다.

아픔과 고난의 시간에서 내가 어떤 기준을 가지고 선택을 해 왔는지에 대하여.

어느 순간 희망이 없어지고 무력함이 찾아왔을 때도 내가 할 수 있는 것을 해 왔던 나의 의지들에 대하여.

모든 것을 끝내고 싶을 때 기어코 눈을 부릅뜨고 일어나 직면했던 필사적인 결심에 대하여.

그리고 매 순간 결국 선택하고 말았던 사랑과 용서에 대하여.

나는 선택 앞에서 정답을 말하고 싶지 않았다.

무조건적인 긍정을 외치고 믿으라고 말하고 싶지도 않았다.

프롤로그

나는 매 순간의 선택 앞에서 늘 마음속으로 느꼈던 '빛'에 대해 이야기하고 싶다. 그 과정에서 이러쿵저러쿵 말도 많고 탈도 많았지만, 결국 선한 빛을 따라갔던 내 선택의 기준이 증명해 준 시간을 통해 당신에게 삶의 가치를 전하고자 한다.

1
Chapter

나는 누구일까?

Who
am I?

조금 독특한 선택을
하는 아이

　당신이 했던 첫 선택을 기억하는가?

　내가 했던 첫 선택은 뭐였을까? 조금 우스울 정도로 사소하지만 중대했던 기억이 떠오른다. 그건 초등학교 무렵이 아닐까 싶다. 어떤 아이스크림을 먹을지, 오늘은 뭐 하고 놀지, 학원에 갈지 말지, 숙제하라는 엄마의 감시를 피해 어떻게 몰래 친구들과 뒷산에서 신나게 놀 수 있을지….

　성인들에게는 순수하고 귀여운 고민이겠지만, 열 살 무렵 그 고민은 매우 중요하고 큰 선택이 필요했다. 적은 용돈으

나는 누구일까?

로 최상의 아이스크림을 고르고 싶었다. 실수하면 언제 또 먹고 싶은 아이스크림을 먹을 수 있을지 모르니까. 시간 가는 줄 모르고 신나고 재미있게 놀아야 그 시간이 후회되지 않으니까.

시대가 달라진 오늘날, 어린 나를 표현하면 진취적이고, 주체적인 자아를 가졌다고 할 수도 있겠다. 오늘의 내가 어렸을 적 나를 한 마디로 설명하자면, 그냥 자기주장이 강했다. 좋고 싫음이 명확했다. 하고 싶은 것도 많고, 욕심도 많았다. 해야 하는 일에는 분명한 목적과 이유가 있어야 했고, 그게 없으면 죽어도 하기 싫은 개성 강한 아이였다.

나는 여자아이였지만, 보통 남자아이들이 하는 골목대장 놀이를 즐겼고, 짓궂은 사건 사고들의 주인공은 남자아이들이 아닌, 바로 나였다.

좀 더 솔직하게 말하면, 부모님에게 나는 꽤 키우기 어려운 아이였다. 성인이 되고, 나도 아이를 낳아 키워보면서 어린 시절의 내가 얼마나 강한 기질의 아이였는지 알게 되었다. 그래서 어린 시절부터 조금 독특하다, 별나다는 말을 꽤 자주 들었다.

수업을 마치고 친구들과 햄버거를 먹으러 가면, 모두 흘러내리는 치즈와 두툼한 패티가 든 버거를 선택할 때, 나는 감자튀김을 좋아한다는 이유만으로 사이드 메뉴인 감자튀김 하나만 주문하고 기뻐했다. 그럴 때마다 버거도 먹어야 하지 않겠냐는 걱정이나, 돈이 없어서 그런 거냐는 핀잔을 들어도 '내가 좋으면 된다.'라는 생각으로 씩 웃었다. 나는 주위 시선은 아랑곳하지 않고 자기 선택에 그저 흡족해하는 아이였다.

나는 누가 책을 읽으라고 시키면 읽긴 읽었지만, 관심도 없고 재미도 없는 내용의 책을 권장 도서라는 이유만으로

나는 누구일까?

읽고 싶지 않다며, 읽고 싶은 책을 스스로 선별해서 읽었다.

그렇게 골랐던 게 미생물 책이었다. 무슨 이유인지는 모르겠지만 그 당시 나는 잘 알지 못했던 미지의 세계 같은 미생물 분야에 빠져있었고, 그래서 과학 관련 분야의 책들이 재밌었다. 권장 도서라는 이유만으로 읽어야 하는 소설이나 문학 종류는 재미가 없었다.

어느 날은 아침 일찍 혼자 지도만 가지고 집을 꿋꿋하게 나섰다. 시내 대형 서점에 가서 미생물과 관련한 전문 서적들을 찾아 읽기 위해서였다.

아침 일찍부터 사라져 버린 아이를 찾아 걱정할 부모님은 생각도 못 한 채 서점에 쭈그려 앉아 깜깜한 밤이 되도록 책을 보다가, 집에 돌아와 부모님께 꾸중을 들었다. 하지만 나는 그날 처음으로 혼자 시내에 나가는 모험을 선택한 것이 성공적이었다는 사실에 그저 만족했다. 그 작은 꼬마 시절의 나는 독특해도 한참 독특했다.

사실, 나는 아주 어렸을 때부터 '느낌'과 '감정'에 대한 질문을 많이 한 아이였다. 그 질문은 타인과 관계없이 오로지 '내가 무엇을 어떻게 느끼는지'에 집중한 것이었다.

나는 왜 햄버거보다 감자튀김에 손이 더 자주 갈까?

나는 남들이 좋아하는 햄버거의 부드럽고 복합적인 맛보다 감자튀김의 바삭바삭하고 짭짤한 맛을 더 좋아한다.

나는 왜 권장 도서의 소설보다 미생물 책 읽는 게 더 좋을까?

나는 허구의 인물이 만들어내는 소설보다 현실에서 새로운 사실을 알려주는 글이 더 흥미롭다.

나는 어렸을 때부터 이런 질문과 생각을 통해 내가 무엇이 필요한지 아는 것에 익숙해졌다. 무엇을 좋아하고 무엇을 싫어하는지 알았고, 좋아하든 싫어하든 그 감정을 왜 느끼는지 명확하게 알았다. 그래서 내가 무엇을 원하는지 항상 확실했다. 내가 기억하는 첫 선택에서부터, 나는 내 선택에 흔들림이나 고민이 크게 없었다.

주변 사람들은 나를 자기만의 세계가 뚜렷한 아이라고 했는데, 내게는 이 말이 '인생을 살아가는 데 있어 자신만의 선택을 잘 해내고 있다.'라는 뜻으로 들렸다.

나는 스스로 무엇이 필요한지 정확히 이해하고 알았기에 어떤 상황이 닥치더라도 혼란과 동요 없이 오로지 주체적으로 직접 선택해 왔다. 그래서 아주 어렸을 적부터 나만의 세계가 만들어지기 시작했던 것 같다.

모든 선택은 내가 무엇을 원하고 필요로 하는지 아는 것에서부터 시작된다. 나는 내가 원하는 것을 존중한다. 그래서 내가 진정으로 좋아하는 것을 선택하고자 했다. 사람들은 종종 내 선택에 대해 부정적으로 이야기하고, 이해할 수 없다고도 했지만, 나는 나를 위해 선택 앞에서 용기를 내왔다. 내 삶에서 가장 중요한 것은 나 자신이니까. 내 삶의 주인 또한 내가 아닌가.

누구도 대신해 줄 수 없는 주체적인 선택을 할 때, 당신만의 세계가 만들어진다.

나는 누구일까?

새로운 선택은
새로운 시야를 열어준다

나는 대전 신탄진이라는 작은 동네에서 어린 시절을 보냈다. 그곳은 계절이 바뀔 때마다 다채로워서, 어린 내게는 자연이 선사하는 최고의 놀이공원처럼 느껴졌다. 나는 그 동네의 풍경이 세상의 전부인 줄만 알았고, 내가 그릴 수 있는 꿈마저 그곳이 전부인 줄 알았다.

봄이면 피어나는 꽃과 풀을 보며 즐겁게 뛰어다녔고, 여름에는 개천에서 하는 물놀이가 어느 수영장도 부럽지 않을 만큼 좋았다. 가을이면 형형색색 물드는 예쁜 낙엽을 한

움큼 주워 머리 위로 던지며 노는 게 그저 행복했고, 겨울이면 갖고 싶은 장난감을 모두 만들 수 있는 하얀 눈이 가득 쌓이는 곳. 이보다 더 좋고 넓은 곳이 어디 있을까?

열 살 무렵, 우리 가족은 아버지의 근무지 발령에 따라 서울로 이사하게 되었다. 고층 빌딩들로 이루어진 숲은 거대하고 멋진 웅장함을 지니고 있었다. 그곳 어디에도 자연은 없었지만, 신탄진에서 흔히 볼 수 없었던 높은 건물들과 함께 화려하고 다양한 상업시설들은 나의 눈을 매료시켰고, 그동안 보지 못했던 새롭고 흥미로운 볼거리들은 내 마음을 빼앗았다.

그 당시 서울을 처음 경험한 나는 큰 충격을 받았다. 세상이란 도대체 얼마나 더 큰 걸까? 내 세상은 얼마나 더 커질 수 있는 걸까?

내 생각보다 훨씬 거대한 이 세상을 다 느껴보고 싶은 열망이 생기는 순간이었다. 나에게 서울은 낯설고 새로웠을

분만 아니라, 내 안에 잠들어 있던 호기심이라는 감정을 일깨워준 계기가 되었다.

그리고 얼마 지나지 않아 초등학교 5학년이 되었을 때, 세상은 마치 내가 얼마나 더 넓은 곳을 보고 싶어 하는지 알고 있다는 듯 엄마의 친구분이 나에게 특별한 제안을 해주셨다. 영국 런던에 캐서린이라는 친척이 살고 있는데, 이번에 영국 여행도 할 겸 그들의 초대에 응했다고 한다. 문득 호기심 많은 나에게도 해외라는 새로운 세상을 보여주면 좋을 것 같다고, 혹시 한 달 정도 함께 다녀오지 않겠냐고 제안한 것이다. 그녀의 따뜻하고 자상한 제안은 나에게 최고의 선물이었다.

부모님의 허락이 떨어지자, 모든 장치가 맞물리듯 영국 여행은 빠르게 진행되었다. 마치 내 미래가 톱니바퀴와 맞물려 돌아가기 시작하는 듯했다. 나의 첫걸음이자 내가 마주한 세계의 첫 시작이었다.

수없이 많은 나라를 돌아다니게 될 나의 첫걸음, 첫 비행.

난생처음 겪었던 비행은 아직도 나에게 의미심장한 기억으로 선명하게 남아있다. 선진국이라는 의미도 잘 모르던 시기, 우리나라와는 너무나도 다른 영국 땅을 밟았다. 런던은 이름만으로도 신비롭고 새로워, 마치 미지의 세계 속 마법이란 단어가 구현된 것만 같았다.

영국은 내가 살던 곳과 전혀 달랐다. 언어부터 인종, 문화, 건물 양식, 음식, 제품 패키지 디자인까지도 하나부터 열까지 모든 게 달랐다. 서울에서 느꼈던 것과는 또 다른 차원의 충격이었다. 지금까지 보지 못했던 새로운 것을 매 순간 발견하는 즐거움으로 하루에 수만 보씩 걷는 것도 힘들지 않았다. 나는 아주 세밀하고 작은 것들까지 머리와 마음속에 모두 담아 가고 싶었다.

나는 누구일까?

캐서린 아주머니는 아주 작은 것도 지나치지 못하고 무척이나 좋아하는 내 모습을 꽤 귀여워 했던 것 같다. 그래서 그녀의 딸이 다니는 학교에 부탁해서, 내가 하루 동안 현지 학교생활을 체험할 수 있도록 기회를 만들어 주었다.

캐서린 아주머니의 딸은 검은 머리칼을 가진 한국인으로 나보다 언니였고, 그 당시 내게는 외계어나 다름없던 영어를 유창한 실력으로 자유롭게 구사했다.

덕분에 나는 처음으로 다양한 인종의 친구들과 함께 다양한 주제로 이야기하는 자리에 함께할 수 있었다. 수업 시간에 그렸던 미술 작품에 관해서도 대화했고, 좋아하는 화가의 삶에 대해서도 의견을 나누었다.

체육 시간에는 수영이나 테니스 등 각자 하고 싶은 스포츠 종목을 직접 선택하여 참여했고, 국어 시간에는 문학 주제와 관련된 영화 시청을 통해 서로의 생각을 자유롭게 이야기했다.

나는 아직도 그때 참여했던 토론 시간을 잊을 수 없다. 영화 속 주인공이 왜 그런 행동을 할 수밖에 없었는지, 나라면 어떻게 행동했을지 대화해보는 시간을 가졌다.

　토론처럼 서로의 생각을 나누는 대화가 즐거울 수 있다는 것도 처음 알았다. 대화 속 주제들 또한 생각의 유연성이 피부로 느껴질 만큼 자유로웠다. 그때의 대화는 마치 서로의 생각 세상 속으로 초대하는 듯한 느낌이었다. 타인의 가치관과 세계관을 존중한다는 것이 무엇인지 처음 깨달았던 순간이다.

　책을 좋아하던 내가 여태껏 책 속에서 만났던 수많은 상상과 내면에서의 외침이 자유로운 소통으로 타인과 연결되기 시작하자, 상상이 현실과 실제가 되어 다가오는 것 같았다.

　남들은 내 생각을 단순히 독특하다고만 했다. 그래서 조금 움츠러들었던 것 같다. 하지만 그곳에선 내 머릿속에서

나는 누구일까?

일어났던 수많은 궁금증에 관한 질문을 끊임없이 풀어내도 아무도 내게 이상하다고 하지 않았다. 오히려 나를 더욱 궁금해했다.

나는 한국에 돌아와야 했으나, 짧지만 강렬했던 그때의 경험은 나의 삶을 송두리째 흔들어 놓는 계기가 됐다. 꿈을 꾸고 일어난 것처럼 짙은 영국의 여운은 머릿속에 계속 맴돌며 쉽사리 가시지 않았다. 강렬한 그 향기를 잊지 못해 나는 공무원인 아버지의 가벼운 주머니 사정도 모른 채, 유학을 꿈꾸기 시작했다.

꿈꾸는 시간이 길어지고, 그 향기의 여운이 짙어지다가 결국, 나는 처음으로 몇 날 며칠 밤을 지새우며 '유학 제안서'를 쓰기 시작했다. 유학을 보내 준다면 앞으로 어떻게 해 나갈 것인지, 계획을 철저하게 전달하고 싶었다.

그 당시 할 수 있는 모든 노력을 유학 제안서에 담아 나는 기어코 부모님 앞에 내밀었다. 그렇게 일 년 동안 하루도 빠짐없이 '꼭 나는 영미권에서 공부하고 싶다.'라고 주장하며 부모님을 설득해 나갔다.

사실, 말이 주장이지 울고불고 유학 보내 달라며 조르고 또 졸랐다. 그것이 어렸던 내가 할 수 있는 꿈에 대한 간절함의 표현이었다.

주변에서는 대부분 내 이야기에 긍정해주거나 응원해주지는 않았다.

"고작 열두 살, 외국 한 번 나가 본 적 없는 아이가 처음 영국에 나가 콧바람 좀 쐬고 왔다고, 부모 없이 홀로 그 타지에 나가서 어떻게 적응하며 살지 겁나지도 않니? 혼란스럽고 방황할 10대의 시기를 어떻게 보내겠다는 거니?"

"아니, 이건 독특함을 넘어 철없고 유별난 거 아니니?"

부모님은 이 시기에 여러 감정이 들었다고 했다. 하지만 자신들의 감정을 떠나 딸아이의 미래가 결정될 주제였기에 심각했고, 신중하지 않을 수 없었을 것이다. 당시 부모님은 많은 고민에 빠져 밤을 지새우기 일쑤였다고 한다.

결국 첫 유학을 시작으로 오늘의 내가 이 자리에 있지만, 그 당시 나는 어리고 세상을 몰라도 한참 모르던 나이였기에 다듬어져야 할 부분도 많았고, 철부지여서 가능했던 꿈이었다고 생각한다.

누구나 어렸을 적 크고 작게 이런 경험을 했을 것이다. 자기가 무엇을 원하고, 무엇을 좋아하는지 충분히 알게 되면, 본인이 하고 싶고 원하는 것을 이루려고 노력한다. 하지만 보통 현실과 꿈에는 차이가 있기에 긍정보다 부정에 가까운 결과를 맞이하곤 한다.

나는 햄버거보다 감자튀김을 좋아해서 당당히 감자튀김

만 시켰지만, 부모님은 대수롭지 않다는 듯 감자튀김이 포함된 햄버거 세트를 주문해 주었다. 다음, 또 그다음에도 마찬가지였다. 만약 내가 좋아하는 것을 말하길 멈췄다면, 싫어하는 햄버거를 억지로 먹게 되었을지도 모른다. 그리고 매번 패스트푸드점에 갈 때마다 무엇을 좋아하냐는 물음에 나도 모르게 햄버거와 감자튀김을 같이 좋아한다고 이야기했을지도 모른다. 그랬다면 정말 내가 무엇을 좋아하는지 알고, 꿈에 대한 의지를 갖게 되고, 나아가려는 시도조차 못 했을 것이다.

상대에게 내가 좋아하는 것이 무엇인지 정확히 알아주길 바라는 마음을 포기했다면, 내가 철없는 아이라는 말을 듣는 게 두렵다는 생각부터 했을 것 같다. 그랬다면 부모님께 나의 꿈을 이야기조차 하지 않았을 것이다. 정말 그랬다면 오늘날의 나는 없다.

상대가 나의 마음을 알아주길 바라는 마음을 포기한다는

나는 누구일까?

건, 내 마음을 알아주는 걸 포기하는 것과 같다. 그러면 상대에게 나의 의견을 존중받기 어렵고, 현실의 기준에 순응하며 사는 것에 익숙해진다.

좀 더 깊은 이야기를 하기 전, 이 이야기를 하고 싶었다. 상대의 의견은 그저 상대의 생각일 뿐이다. 내 선택은 오로지 나의 것이며, 그로 인해 어떤 결과가 펼쳐진다고 해도 나의 책임이듯, 상대는 나의 삶을 대신 살아줄 수 없다.

내가 어른들의 말을 수용하고 철없는 내 생각을 돌아보며 유학을 가지 않았더라도, 나는 여전히 해외에서 공부하고 싶었을 테니까.

아무리 어린아이였지만, 그때의 나도 철이 없다는 것이 무엇인지 알았다. 하지만 나는 적어도 시도라도 해보고 싶었다. 그때는 유학을 도전이라고 생각하지 않았다. 그저 '일단 한 번 시도해봐야 나중에 후회가 없지 않겠는가?'라는 마음으로 출발했다.

　그 당시의 행동은 나를 존중하기 때문에 시도했던 일이다.

　나를 존중한다는 것은 나 자신만을 중요하다고 생각하는 것도 아니고, 나만의 만족을 위해서도 아니다. 현실에 도전해보는 것이다.

　그 이후에 펼쳐진 결과가 좌절하는 경험이든 성공하는 경험이든, 시도해봤다는 선택 자체가 자기 자신을 존중한다는 의미다. 반복되는 좌절로 선택조차 하지 않는다면 각자의 고유함을 찾을 수 없다는 사실을 인지해야 한다.

　사회는 우리의 고유하고 특별한 가능성까지는 보지 못한다. 심지어 우리 또한 스스로의 가능성이 어디까지 펼쳐질 수 있을지 모르기에, 재능을 덮어버리곤 한다.

　각자의 특별한 재능이 현실에 나타나기 전까진 아무도 모르는 것이다. 선택 이후 우리는 또다시 선택해 나가기 때문

나는 누구일까?

에, 당장 눈앞에 펼쳐진 결과만으로 미래를 알 수는 없다. 그러므로 자신을 존중하며 시작한 당신의 주체적 선택을 위해 때로는 지금의 현실에 집중할 필요가 있다.

　미래의 가능성 몇 가지를 자신에게 보여주며 지금 이 순간, 내가 가진 열망과 꿈에 집중하는 것이다. 그것이 자기 자신의 선택을 기꺼이 존중하는 방법이다. 오늘 당신이 가진 어떤 열망과 꿈은 모두 존중받아야 마땅하다. 그러므로 자신의 고유한 정체성으로부터 펼쳐지는 선택의 가지가 잘 뻗어나가도록 지지해주어야 한다.

나의 첫 선택은
두려움에서 시작되었다

　　부모님은 결국 어린 딸을 유학 보내기로 했다. 물론 부유한 가정도 아니었고 현실적인 한계가 있었기에, 나는 엄마의 지인이 운영하는 남아프리카공화국 유학 프로그램으로 첫 유학을 시작하게 되었다.

　　부모님은 유학에 관해서 아무것도 모르던 상태였다. 그래서 누구든 건너서 아는 사람에게 맡기는 것이 조금 더 안전하게 믿고 맡길 수 있다는 생각으로 이 나라로 결정했다고

나는 누구일까?

한다.

이 선택은 내게도 정말 큰 결정이었지만, 어렸던 나는 단순하게 받아들였던 것 같다.

말 그대로 꿈과 환상 같은 해외에서 산다면 어떨까? 새로운 세계에서 산다면 어떨까? 이런 생각으로 시작했기 때문이다.

유학을 위한 첫날, 공항에는 경유지인 두바이로 향하는 비행기의 마지막 탑승을 알리는 안내 방송이 흘러나왔다. 내게는 그 소리가 마치 동굴에서 확성기로 말하듯 웅웅거리게 들려왔다. 안내 방송이 크고 웅장한 무언가처럼 느껴져서 생각보다 떨렸고, 나는 겁에 질려 있었다.

인천 공항에 울려 퍼지는 안내 방송은 마치 내게 '정말 이 선택에 대해 책임질 수 있겠어?', '막상 네 선택의 결과를 보니 어때, 두렵지?', '과연 네가 이 두려움을 이기고 네 생각대로 할 수 있겠어?'라는 질문처럼 메아리쳐 들려왔다.

중학교 1학년이지만 160센티미터도 안 되던 나는 마치 초등학교 저학년 정도의 어린 꼬마 같아 보였다. 나의 작은 몸집에 비해 훨씬 커다란 이민 가방 두 개는 나보다도 먼저 용기 있게 비행기에 몸을 실은 상태였다.

부모님은 결혼 후 7년 만에 얻은 무남독녀 외동딸을 머나먼 지구 반대편의 나라에 혼자 보내야 한다는 사실이 믿기 어려웠는지, 출국장 입구에서 날 보내며 한참이나 발걸음을 떼지 못했다.

커다란 배낭과 함께 양손 가득 짐을 들고 있어서 눈물을 닦지도 못하던 나는 아무렇지 않은 척하며 출국장으로 들어가야 했다.

오랜 시간 떨어져 지내야 하지만 부모님 품에 안기고 나면 발걸음이 안 떨어질까 봐, 내가 선택한 그 결심의 의지가 약해져 버릴까 봐, 그런 모습을 보면 나를 믿고 어렵게 결정

나는 누구일까?

해 준 부모님이 후회하실까 봐 두려운 마음에 차마 그럴 수 없었다.

그렇게 한참 동안 어색하고 과한 웃음을 지어 보이다가 나는 마침내 검색대 앞에서 뒤를 돌아보았다.

"나 잘 다녀올게! 아니 잘 갈게!"

탑승 수속을 끝내고, 드디어 탄 비행기에서 나는 기어코 참고 참았던 슬픔과 두려움의 눈물을 쏟아내며 펑펑 울기 시작했다.

그러자 옆 좌석에 앉아있던 금발의 백인 남자가 깜짝 놀라 내게 말을 걸어왔다.

"Is everything OK? What are you so worried about? You feel scared?"

(괜찮아? 걱정되는 일이 있니? 무서워?)

그 순간, 나는 부모의 보호라는 안전지대를 벗어나 느끼는 두려움보다 영어라는 두려움이 더 크게 다가왔다. 나는 깜짝 놀라 울음을 멈췄고, 다행히도 알아들을 수 있었던 수준의 질문에 고개를 끄덕였다.

짧은 찰나였지만, 그 질문에 답하기 위해서 스스로 곰곰이 생각했던 것 같다.

'그렇게도 원하던 유학을 떠나는 이 기쁘고도 감사한 시작에 나는 도대체 무엇 때문에 이렇게 울고, 무엇을 걱정하며, 두려워하고, 무서워하는 걸까?'

"Um··· I don't know··· maybe··· because··· this is my first time alone··· plane··· new country. For studying··· be··· cause I want so much···."

(음··· 모르겠어요···. 아마··· 왜냐하면··· 이번이 혼자서 처음이라··· 비행기··· 새로운 나라로 공부하러요···. 왜냐하면··· 제가 너무 원해서요···.)

영어가 아직 한참 서툴던 나는 최선을 다해 몸짓과 함께 열심히 대답했다.

나는 누구일까?

"Oh, it's your first big choice to be made in your life! Its okay first time of everything in the world is very difficult. Specially when it comes to making choices, it must be more scary and feel afraid its so natural! But I think that you will do well, because you already made your big choice like this, little girl!"

(아, 인생에서 스스로 한 너의 첫 선택이구나! 괜찮아. 원래 처음은 매우 어려운 법이지. 특히 선택하는 건 무섭고 두려운 게 너무나도 자연스러운 거란다. 그런데 나는 네가 잘 해낼 수 있다고 생각해. 왜냐하면 이렇게 어렵고 큰 선택을 지금 벌써 해냈잖아. 꼬마 아가씨!)

따뜻하게 전해온 그의 말에 나는 울음을 그쳤고, 고맙다는 인사를 건넸다. 그리고 차분히 생각을 정리하다 이내 일기를 쓰기 시작했다. 내 안에 있는 불안과 두려움의 잔재를 걷어내고 싶었다.

맞다. 내가 그토록 원해서 내린 선택이다. 아무도 시키지 않았고, 등 떠밀지 않았다. 이 모든 건 내가 내린 주체적 선택이었지만, 걱정되고 불안한 마음은 감출 수도, 피할 수도 없었던 것 같다.

선택 후 길이 시작되자마자 알 수 없는 두려움이 설렘의 기쁨과 함께 생겼다. 앞으로 새로운 환경에서 헤쳐 나갈 일에 대해 결과가 내 생각만큼 잘 나오지 않을까 봐, 심지어 절망적이거나 좌절될까 봐.

내게 다가오고 있는 예측 불가능한 미래가 그저 두려웠다.

그날의 어린 나는 모든 선택에는 자연스럽게 그 결과에 대한 불안과 두려움이 함께 따라온다는 것을 배웠다. 이후에는 두려움을 이겨내는 방법도 터득할 수 있었다.

두려움을 이겨낸다는 궁극적인 의미는 자기 자신에 대한 확신, 자기 자신의 어떤 믿음이다. 현재 자신의 선택에 대하여 어떤 마음에서 출발했고, 얼마나 견고한 생각을 하고 있

나는 누구일까?

는지, 내면의 감정과 생각의 본질을 얼마나 이해하고 인지하는지. 거기서부터 나온 스스로에 대한 확신과 믿음이 미래에도 영향을 미친다.

영어 단어에서 '사자'는 한 단어로만 표현하지 않고, 어린 사자와 다 성장한 어른 사자로 단어를 구별해서 표현한다.

내가 만일 사자라면, 어린 사자(lioncub)가 어떤 선택을 내려도 그 선택은 미래의 웅장하고 늠름한 동물의 왕 사자(lion)가 하는 선택일 것이다. 작은 선택 한 번의 실수로 어린 사자가 미래에 진정한 사자로 자랄 수 없는 것은 아닐 터, 늠름한 사자의 본질은 변하지 않는 것처럼 말이다.

그러나 그 어린 사자는 눈앞에 보이는 현재의 작고 어린 모습을 전부라고 믿을 수도 있다. 약하고 겁이 많은 현재의 모습으로 계속 살아갈 거라고 생각하는 것이다. 그렇게 되면 앞으로는 자신이 꿈꾸는 모습은커녕 무리의 성숙한 우두머리로도 성장할 수 없다.

자기 잠재성과 가능성을 믿지 못하는 사자의 미래는 과연 어떨까? 자신을 믿지 못하는 어린 사자는 어떻게 성장할 수 있을까?

고작 몇 개의 실패한 선택으로 자신이 바뀌는 것은 아니다. "오늘 내가 내린 선택은 분명히 나를 성장하게 할 것이다."라고 수용하는 믿음이 필요하다. 나는 언제나 나인 것이다. 어리고 부족한 내가 남아프리카공화국에 가더라도 고유한 나만의 정체성은 변하지 않을 것이다.

아직 구체적으로 다가오지도 않은 상황들을 그리며, 내가 미리 겁먹고 있다고 생각했다. 나는 실컷 내면의 감정을 느끼고, 인정하며, 있는 그대로 수용해주었다.

두려워하는 감정이 얼마나 자연스러운 건지 자신과 대화를 나누듯 진솔하게 바라보며 일기장에 털어놓았더니, 마음이 한결 편해지며 말랑한 콘크리트 반죽이 굳어가듯 단단

나는 누구일까?

해져 가는 게 느껴졌다.

선택 이후, 모든 사람에게는 예상할 수 없는 미래에 대한 공포가 존재한다. 이것이 그날 깨달았던 선택의 모습이었다. 내가 선택의 결과를 맞이하는 과정 속 나의 내면을 직면했던 그날, 나의 깊은 내면의 마음이 가르쳐줬던 말은 이랬다.

유학을 떠났을 때의 나는 두려웠지만, 반대로 유학을 떠나지 않았어도, 도전하지 못한 나 자신을 보며 미래에 대해 불안해하고 힘들어했을 것이다. 도전하지 않는 결정을 선택했을 때 겪을 나의 감정에 대한 두려움 또한 있을 것이기 때문이다.

결국 사람은 어떤 선택을 하든 가보지 않은 길, 일어나지 않아서 보지 못한 미래에 대해선 언제나 두려워한다. 그래서 우리의 내면에서는 그 어떤 감정의 요동도 일어날 수 있고, 그 어떤 감정을 느껴도 괜찮은 것이다.

　선택의 결과를 맞이하는 시작의 날과 같이 우리의 삶은 언제나 도전 앞에서 쉽지도, 녹록지도 않다. 그 어떤 결과도 새 신발이 늘 새것처럼 있길 바랄 수 없듯, 어떤 선택도 마냥 늘 즐겁거나 좋기만 할 수 없고, 늘 기대했던 설렘만큼 나타나 주지 않을 수도 있다. 하지만 그래도 있는 그대로 괜찮기에 그 어떤 선택도 시작이 중요하다고, 두려워하는 마음도 자연스럽고 괜찮다고 이야기를 건네고 싶다.

나는 누구일까?

넘어져도 괜찮아,
자연스러운 현상이니까!

새로운 곳에서 눈을 떴을 땐, 세상은 꿈과 환상 같은 세계를 바로 펼쳐주지 않았다. 세상은 그 이후로도 나를 끊임없이 선택과 결단으로 매몰차게 던지는 것만 같았다. 그래도 나는 내가 한 선택의 결과에 책임을 지고, 의젓해지려고 노력했다. 하지만 내가 해내야 하는 결정들은 그 나이 또래에 하는 일반적인 종류의 결정이 아니었다.

홀로 타지에서 시작하는 생활이었기에, 삶이 완전히 뒤바뀔 수 있는 중대하고 무거운 선택을 연속해서 해내야 했다.

나는 누구일까?

그렇게 나는 처음과는 달리 선택이라는 단어가 점점 어렵고 싫게만 느껴졌다.

그 당시는 인터넷 사용이 활발하지 않았고 국내에서는 남아프리카공화국이란 나라에 대한 정보가 적었던 터라, 우리 가족은 한국에서 현지의 치안이 얼마나 위험한지 크게 체감할 수 없었다.

도착해서 알게 된 건, 불평등한 사회문제로 유명한 나라였다는 점이다. 강 하나를 중심으로 부촌과 빈민촌으로 나뉘었고, 이로 인한 극명한 빈부격차는 치솟는 범죄와 치안 문제로 나타났다.

혼자서는 감히 외출도 상상하기 어려웠다. 나는 학교나 집 외에는 활동이 자유로울 수 없었고, 학교에 가기 위해 차를 타고 움직이는 동안에는 절대 창문을 열면 안 된다는 교육을 받았다. 거리에 총을 소지한 사람과 강도가 많아 언제

무슨 일이 닥칠지 모르기 때문이었다. 그들을 만나지 않도록 마음을 졸이며 사는 감옥 같은 삶은 더 크고 새로운 세상을 보기 원했던 나를 지치게 했다.

이렇게 치안이 안 좋은 환경도 처음이지만, 부모님과 떨어져 12명의 학생이 함께 지내는 기숙사 생활 또한 만만치 않았다. 학급의 유일한 동양인으로 지내면서 난생처음 영어로 진행되는 수업을 듣는 것도 힘들었다. 결국 나는 매일 밤 눈물을 흘렸고, 하도 울어 축축해져 버린 이불을 덮고 잠드는 나날을 보내야만 했다.

너무 일찍 떨어져 버린 부모님이 생각났다. 그토록 간절하게 유학 보내 달라고 설득하던 어린 딸을 보며 얼마나 걱정과 염려가 많았을지…

부모로서 모든 마음을 뒤로하고 한 사람의 인생으로, 바라봐 주며 딸이 내린 중대한 선택을 존중하는 마음으로 힘

나는 누구일까?

들게 유학의 결정을 내려준 부모님. 그런 부모님께 현지 생활과 어려운 사정을 있는 그대로 말하자니, 더 큰 걱정거리를 안겨드리는 것 같아 엄두가 나지 않았다.

힘겨운 마음에 나름대로 조언을 구하러 다녔지만, 주어진 환경에서 최대한 참아내는 게 맞다는 고정관념에 부딪혔다. 나는 한국으로 돌아갈 수도, 무조건 참아낼 수도 없는 혼란의 늪에 빠져 크게 방황했다.

'나를 존중하여 많은 것을 감수하고 보내 주신 건데, 지금의 상황을 솔직하게 털어놓으면 나의 그 선택에 대해 무책임하게 행동하는 것처럼 보이진 않을까? 철없는 아이의 선택에 대한 결과라고 생각하시는 건 아닐까? 부모님을 실망하게 하고, 더욱 마음 아프게 해드리는 건 아닐까? 이제 나는 어떻게 해야 할까?'

매일매일 나는 꾹꾹 참고 참았다. 타인이 공감하거나 함께 해줄 수 없는 상황은 나를 침묵하게 했다. 나는 학교에 가는 것 외에는 갇혀 지내다시피 거의 집에 틀어박힌 생활을 하게 되었다. 그 상황에서 내가 할 수 있는 것은 오롯이 영어 공부에 매진하는 것이었다. 그렇게 남아프리카공화국에서 1년 남짓한 시간이 지나가고 있었다.

날이 갈수록 눈에 띄게 말수가 줄고 침울해지는 딸의 목소리를 계속 이상하게 여긴 부모님은 어느 날 내게 도대체 무슨 일이 일어나고 있는지 물었다. 이내 애써 포장했던 내 마음이 무너졌고, 마침내 나는 참아온 슬픔을 쏟아내듯 말할 수 있었다. 얼마나 힘들고 괴로웠는지…. 나는 고백하면서도 철없고 무책임하다고 질책하지는 않을까, 매서운 말들이 쏟아지진 않을까, 망설였다. 그렇지만 내가 선택했기에 아무 말도 할 수 없었다고, 어떻게 해야 할지 모르겠다고 털어놨다.

나는 누구일까?

그러나 놀랍게도, 내가 두려워하며 예상했던 반응과는 달랐다.

"딸! 인생을 살면서 뭘 해보거나 가보기도 전에 어떻게 정답을 알고, 이후에 어떤 전개가 펼쳐질지 먼저 다 알 수 있겠어? 그걸 모르니까 인생은 도전이고, 가보면서 노선을 변경하기도 하는 거지. 네가 꿈꾸는 미래로 향하는 수많은 과정 중 하나가 지금인데 왜 그렇게 세상이 끝난 것처럼 심각해!"

수화기 너머 아버지의 목소리는 별일 아니라는 듯 편안하고 나긋나긋했다. 특유의 다정한 말투로 웃으며 그렇게 말해주셨다.

아버지의 존중과 격려로 나의 선택 기준들이 새롭게 생겨났다. 이곳이 내 삶의 종착지가 아니었다는 걸 다시 알게 되었다. 내가 유학을 선택했던 건 앞으로 끊임없이 이어질 내 삶의 작은 과정일 뿐이라는 것을. 그래서 난 잠시 흔들렸지만 넘어지지 않았고, 혼란스러웠지만 좌절하지 않았다.

자신이 한 선택이 때로는 원하지 않았던 부정적인 결과를 낳기도 한다. 하지만 삶의 주인으로서 주체적인 선택을 했다면, 그 삶은 비록 잘못 들어선 것 같고 돌아가는 듯해도 결국에는 나아가야 하는 방향대로 흘러가게 된다.

처음 계획했던 양상이 아닐지라도 미래의 어떤 목표 지점에 닿을 수 있는 매개체로 변모하게 된다.

그러므로 선택 앞에서 '무조건 꼭 좋은 선택을 내려야 한다.'라는 강박은 갖지 않았으면 좋겠다. 좋은 선택이든 나쁜 선택이든 어차피 우리의 삶은 우리가 모두 원하는 대로 흘러갈 수 없고, 예상할 수도 없으니까. 그 당시 내 인생에 들어온 위기가 절망과 부정적인 결과로만 끝나 버린 것이 아닌 것처럼 말이다.

나는 누구일까?

용기를 선택하면,
새로운 문이 열린다

 남아프리카공화국에서 치안만큼이나 힘들게 다가온 것은 바로 인종차별이었다. 이곳은 오랜 시간 영국의 식민 지배로 백인들이 거주하게 되면서 그들이 모여 사는 도시들이 생겨났다. 서양의 문화가 형성되면서 자연스럽게 영어와 이곳 언어를 동시에 사용하게 되었지만, 인종 간의 차별도 매우 심해진 곳으로 알려져 있었다.

 그 당시 내가 거주하던 요하네스버그에는 부유한 집 자녀만 갈 수 있는 백인 학교가 따로 있었을 정도였다. 내가 다니던 학교 안에도 부유한 백인들이 가득했지만, 일하는 관리인이나 경비원, 청소부들은 모두 흑인이었다. 흑인들에게 친근하게 말을 걸거나 도와주면, 백인 우월주의를 가진 친구들로부터 나까지 따돌림을 당할 수도 있었다. 나는 어렸지만, 차별에 대한 불편함과 분노가 일었다.

교내 학년에서 유일한 동양인이었던 나는 내 노력의 가치가 그대로 인정받고, 그들에게 한 사람으로서 온전히 받아들여질 수 있을지 의구심이 들었다. 인종 간 차별이 있는 곳에서 나의 빛을 발휘할 수 있을까, 내 안에서 지켜내고 싶고 추구해 왔던 선한 선택의 가치관이 흔들리거나 변질되지 않을까 염려되었다.

나는 예기치 못한 제한적인 상황과 환경에 주저앉고 싶지 않았다. 그래서 다시 두 번째 비행에 도전했다. 멋모르고 떠났던 남아프리카공화국행 첫 비행과는 달리, 나는 전보다

나는 누구일까?

단단해지고 굳건해진 마음으로 호주로 새롭게 떠났다.

호주에서는 유학원을 통해 거주지와 학교를 찾았다. 학교 근처에 사는 한국인 가족을 소개받게 되었고, 그렇게 처음으로 하숙 생활을 시작했다.

남아프리카공화국에서 1년간 여러 가지 경험을 한 덕분일까. 호주라는 새로운 곳에서는 신기하게도 전에 비해 조금 덜 겁났고, 조금 더 여유로움을 느낄 수 있었다.

나는 겨우 열네 살 중학생이었지만, 그동안 선택의 혹독한 결과를 통하여 조금은 성장해 있었다. 반에서 유일하게 수업을 이해하지 못했고, 친구들과의 대화에서도 잘 알아듣지 못했던 예전의 나와는 달랐다. 남아프리카공화국에서의 곤욕을 벗어나기 위해 죽어라 영어 공부를 한 덕분에 언어도 능숙해져 있었다.

치안이 좋은 호주에서는 이곳저곳 혼자 돌아다닐 수 있었다. 밖에 나가 혼자 쇼핑을 하기도 하고, 카페에서 좋아하는 음료도 마음 편히 마셨다. 하루 만에 다녀올 수 있는 거리는 자유롭게 돌아다닐 수 있어서 당일치기 여행도 가보며 새로운 경험을 쌓았다.

새로운 환경을 맞이하면서, 필사적으로 노력했던 시간이 드디어 날개가 돋친 듯 빛을 발휘했다. 감옥 같고 위험했던 삶에서 유일하게 할 수 있었던, 성장하고 싶다는 열망이 호주에서 결과로 나타나자 자신감이 생겼다.

남아프리카공화국에선 환경 특성상 사람을 사귀는 것도 어려웠지만, 호주에선 다양한 사람들과도 사귈 수 있게 되어 시야가 넓어졌고 안정을 되찾았다.

호주는 다양한 인종이 사는 다문화 국가로 중국과 인도, 스웨덴 등 아시아부터 유럽까지 다양한 국가의 사람들을 만나 교류할 기회가 많았다. 그들에게 듣는 생생한 문화 이야기는 하나의 거대한 세계와 같았고, 나는 더 크고 넓은 세상에 대해 알 수 있게 되었다.

이전에 이미 격렬한 경험을 한 덕분에, 낯선 타지 땅에서 예측할 수 없는 무언가가 다시 나를 기다리고 있을지라도 '이제는 반드시 이겨 내리라.'라는 각오와 함께 훨씬 쉽게 용기를 낼 수 있었다. 전에 겪은 힘들었던 시간이 오히려 내 경험의 자산이 되어 앞으로 수월하게 나아가는 데 도움이 되었다.

만약 남아프리카공화국이 아닌 호주에 먼저 왔더라면, 이만큼 열심히 영어 공부를 할 수 있었을까? 다양한 국가의 친구들을 이해하고, 수용하며 사귈 수 있었을까? 어린 나이에 부모님과 떨어져 홀로 살면서, 자신을 보호하고 소통하는 방법을 이만큼 빠르게 배울 수 있었을까?

의논할 사람 하나 없는 환경 속에서 때로는 지치고 힘들기도 했지만, 그렇다고 울고만 있을 수는 없었기에 나는 눈앞에 당장 펼쳐진 하루하루의 일상과 같은 작은 선택들만을 선택할 수밖에 없었다.

　매일 정해진 시간에 등하교하고, 그날의 과제들을 해 나가는 건 일상 속 작은 선택들이었다. 어린 나이에 스스로 마음을 다잡고, 순간마다 끌리거나 당장 편한 선택을 하는 대신 이성적인 선택을 하는 건 생각보다 어렵고 외로웠지만 확실히 나를 성장하게 하는 발판이 되었다.
　나는 선택의 갈림길 앞에서 장기적으로 나를 위한 현명한 선택인지, 아니면 당장 조금 더 편한 상황을 위한 감정적인 선택인지 끊임없이 나와 대화하며 선택해 나갔다. 모든 선택의 결과는 가보기 전엔 모른다. 그래서 끊임없이 경험으로 깨우치고 터득하여 배워 나가는 수밖에 없었다.

　이후 나는 선택을 할 때, 감정적인 결정을 내리지 않도록 주의했다. 감정에 의한 선택을 하면, 객관적으로 상황을 볼

나는 누구일까?

수 없어 좋은 결과가 나타나지 않는다는 걸 깨달았기 때문이다.

이렇게 생겨난 가치관과 방향성은 오로지 나만의 것이었고, 이 경험은 타인이 정해줄 수 없는 내 삶의 기준이 되었다. 이 기준은 또 다른 환경이 펼쳐졌을 때 빛이 되어 어두운 바다의 등대처럼 자리 잡았고, 나는 내 삶의 위기였던 경험을 바탕으로 더 다양한 항해에 도전할 수 있었다.

처음엔 새로운 시작을 향해 발을 떼는 것조차 너무 두렵고 어려웠다. 실제로 삶은 내 선택에 따라 이리저리 흔들리고 달라졌다. 내가 한 선택의 결과가 예기치 못한 상황으로 찾아와 나를 웃게도 하고 찡그리게도 했다.

그러나 세상은 넓고, 삶의 여정은 길다. 선택 앞에서 마주한 눈앞의 결과는 결코 삶의 최종 종착지가 될 수 없다.

자기만의 특별한 재능, 고유한 빛. 우리 모두의 최종 종착지는 미래의 어느 한 지점에 반드시 마련되어 있고, 세상에는 나만을 위한 자리가 분명히 있다. 그러므로 삶을 살아가는 여정에서 했던 모든 선택은 결코 헛되이 끝나거나 사라지지 않는다.

주인의식을 갖고, 주인공으로서 주체적인 선택을 할 때, 선택의 결과와는 상관없이 자기만의 자리와 삶의 길은 만들어지게 된다. 그 길을 걸어 나가면 내가 추구하는 삶의 목표와 같은, 나만의 고유한 빛의 지점에 반드시 도달하게 된다는 것을 훗날 알았다.

가장 중요한 것은 자기 자신만의 고유성과 특별함을 알아차리는 것이다. 그렇게 자기만의 자리로 인도하는 길목의 문을 찾아 두드릴 수 있길 바란다. 기억하라. 당신의 빛을 찾을 수 있는 문의 열쇠는 당신의 선택에서부터 만들어진다는 사실을.

나는 누구일까?

2
Chapter

나의 특별한 빛은 무엇일까?

What is
my special
light?

나의 열망, 나의 선택,
그리고 용서

　남아프리카공화국에서 호주로 옮겨 온 후 이제는 정말 공부에만 집중하면 되겠다고 생각하며 안정을 찾아가고 있었다. 그렇게 시드니에 정착 후 다시 일 년이 지나갈 때였다.

　그날은 날씨 좋기로 유명한 호주의 파란 하늘 위에 예쁜 모양의 뭉게구름과 쨍한 햇살이 드리운 평온한 날이었다. 중학생이 되었지만, 또래 나이보다 여전히 작은 몸집의 나는 초등학생 정도로 오해받곤 했다.

나의 특별한 빛은 무엇일까?

한 손에는 어디서 구했는지 모르는 귀여운 하마 얼굴 모양의 도시락 가방을 들고, 등에는 몸집만 한 학교 가방을 메고 그날 하루도 신나게 마치고 가벼운 발걸음으로 학교에서 돌아오는 길이었다.

집 근처 골목길로 접어들자 저 멀리 보이는 집 앞에 나뒹구는 짐 가방들이 눈에 들어왔다. 불안한 예감이 엄습했고, 도대체 무슨 일이 일어났는지 전혀 가늠할 수 없었다. 집이 가까워질수록 짐 가방들과 함께 여기저기 문밖에 던져진 채 부서진 가구와 흩어진 유리 파편들이 보이기 시작했다. 믿을 수 없는 장면이 현실이 되어 나를 기다리고 있었다.

예기치 못한 불안은 노래를 흥얼거리며 토끼처럼 깡충거리던 나의 발걸음을 단번에 멈춰 세웠다. 아침까지만 해도 웃는 얼굴로 도시락까지 싸주셨던 하숙집 아주머니는 그곳에 없었다.

별다른 말 없이 친절한 얼굴로 마중까지 나왔기에 그 어떠한 징조도 느낄 수 없었던 평범한 어느 날이라고만 생각했다.

내가 평범하다고 생각했던 일상 속 무언가를 놓쳤던 걸까? 내 눈앞에 널브러진 짐들은 한국에서부터 지고 온 나의 이민 가방들이었고, 굴러다니는 파편들은 거실에 있던 가구였다. 놀랄 겨를도 없이 혼란의 소용돌이로 빨려 들어가는 것 같았다. 마치 영화 속 한 장면을 보고 있는 것처럼 설마 이게 진짜일까 싶은 마음에 그 순간이 체감되지 않았다.

영화 속 모든 모험을 만난 꼬마들이 그렇듯 일단 나도 상황을 파악하고자, 조심스레 집을 살피기 시작했다.

까치발을 들고, 손에 땀을 쥔 채 열린 문 사이로 집에 아무도 없는지 확인하면서, 위험한 강도라도 들이닥쳐 숨어있는 건 아닌지, 온갖 무서운 상상을 헤치고 숨죽이며 안으로 들어갔다.

나의 특별한 빛은 무엇일까?

다행인지 불행인지 집에는 아무도 없었다. 다만, 내 방에 아침까지 잘 있던 모든 물건은 도둑맞은 것처럼 없어진 상태였다.

'이게 도대체 무슨 일이야…. 무슨 일이지?'

이해할 수 없는 상황이었지만 어쩌면 내가 위험에 처하게 될 것 같다는 부정적인 상상만은 선명해졌다.

부모님은 하숙집 아주머니에게 어린 나를 위한 모든 비용뿐만 아니라 보호와 책임도 함께 맡겼다. 호주는 미성년자 혼자서는 단독 행동을 할 수 없기 때문에 나는 그날 밤 잘 수 있는 곳이 없을지도 모른다는 패닉에 빠졌다.

주머니에 손을 넣자, 손끝에는 고작 일주일 치 차비 정도가 만져졌고, 내 또래 친구 몇 명의 연락처만 저장된 휴대전화는 30%의 배터리만을 남긴 채 방전 중이었다. 내게 남은 건 고작 그 정도가 전부였다.

망연자실하게 서 있는데, 모르는 번호로 전화가 걸려 왔다. 휴대전화를 바라보는 내 시선은 공포영화를 보는 것처럼 떨렸다. 용기를 내서 전화를 받자, 익숙한 한국인 아주머니의 목소리가 들렸다. 그 목소리의 주인공은 하숙집에 종종 놀러 오셔서 뵀던 하숙집 아주머니 친구분이었다.

그제야 수화기 너머로 전후 사정이 내게 전해졌다. 평소 티가 나지는 않았지만 부부의 불화가 종종 싸움이 되었고, 그날 하숙집 아주머니와 아저씨는 말다툼 끝에 결국 커다란 흔적을 남길 만큼 심각한 가정 폭력의 주인공이 되고 만 것이다.

아주머니는 모든 짐을 챙겨 아이들을 데리고 도망치듯 급히 사라져버린 것 같다고 했다. 그리고 나의 짐은 급하게 집 밖으로 내놓은 것이다.

어차피 머물 수 없으니 나도 알아서 도망쳐 나오라는 건가?

나의 특별한 빛은 무엇일까?

내동댕이쳐진 내 짐을 보며 그녀가 내 짐은 도둑질하지 않았다는 마지막 배려에 안도해야 할지, 보호자로서 무책임한 그녀의 행동에 분노해야 할지 몰랐다. 분명히 나는 짐을 보고 있었는데, 눈물이 앞을 가리는 뿌연 시야 속에서 이상하리만치 그 짐을 인식할 수 없었다. 마치 나의 앞날 같았다.

친구분은 그녀를 만나기로 한 약속 당일 연락이 되지 않아 이상하다고 생각하고 집에 들렀다가 우연히 상황을 목격했다고 한다. 그러다 문득 학교에서 돌아올 내가 생각났고, 걱정되어 전화해봤다면서 차분한 목소리로 말씀하셨다.

"많이 놀랐지? 집 보고 너무 무서웠지? 혹시 당장 어디 갈 곳은 있니? 정착한 지 얼마 안 돼서 아는 사람이 많이 없을 텐데, 괜찮다면 지금 데리러 갈게. 우리 집에서 잠시 머물러도 된단다. 이후의 일은 차차 생각해보자."

갑작스러운 제안에 나는 눈앞의 현실을 깨닫고 정신을 차렸다. 나는 당장 오늘 밤, 어딘가에 머물러야 했기에 한참을 아무런 대답을 못 하고 망설이다가 입을 뗐다.

"네⋯. 감사⋯ 합니다."

그리고 겨우 한마디를 꺼냈다. 불쑥 눈물부터 터져 나오면 이성의 끈을 놓고 무너져 아무 판단도 못 하게 될까 봐 겁먹고, 홀로 있는 나 자신을 지켜내지 못하게 될까 봐 무서운 마음에 꾹꾹 참아내고 있었다.

전화를 끊자 그제야 상황을 경계하느라 무수히 회피하던 감정이 밀려왔다. 나는 그 부부가 너무나 미웠고, 화가 났다.

가라앉히려 해도 그들의 무책임함에 있는 대로 분노의 감정이 계속 뻗치고 치밀어 올라왔다. 그러나 당장 눈앞에 벌어진 일을 처리하고 살아 내기 위해 오늘을 무사히 넘기려면 감정을 뒤로 미뤄야 했다.

그녀를 기다리는 동안 하숙집 아주머니와 아저씨에게 전

나의 특별한 빛은 무엇일까?

화를 걸어보았다. 나는 당장 지급해야 할 숙박비부터 끼니를 해결할 돈까지, 스스로 보호 차원에서도 도움이 필요했다. 부모님이 맡겨 놓은 돈이라도 요구하기 위해 혹시나 하는 마음으로….

그러나 당연하게도 그들은 전화를 받지 않았고, 국제 전화 카드가 있어야 전화가 가능하던 시절이었던 터라 부모님께 연락할 방법조차 막혀 버린 상태였다.

전화도 소용없자 나는 일말의 기대조차 저버린 듯 입을 꾹 다물었다. 원망하고 싶었지만 그래도 끝내 입 밖으로 뱉지 않기 위해 강하게 올라오는 불평을 삼켰다. 기다리는 동안 눈물 속에서 원망이 아우성쳤다. 오후가 지나고 저녁이 되자 해가 지고, 밤을 알리는 흑암이 파란 하늘을 서서히 덮었다.

한참 후, 꽤 멀리서 산다고 들었던 하숙집 아주머니의 친구분이 도착했다. 울다 지쳐 짐 옆에 기대어 앉아 있던 나를 보고 차에서 내리며, 마치 아무 일 없다는 듯 평온하고 따뜻하게 이름을 불러주셨다.

"지현아, 뭐해! 피곤하지? 괜찮아. 이제 우리 집에 가자, 가서 맛있는 저녁 먹자. 밥해놓고 나왔어!"

나는 또 한 번 놀랐다. 그러나 이번에 놀란 마음은 공포와 불안이 아닌, 따뜻함과 평온함 때문이었다. 긴장한 아이 앞에서 그녀는 친근하게 나에게 자기를 소개했다.

"나는 김희은이라고 해. 희은 아주머니라고 불러도 된단다."

사람들의 이름을 기억하는 데 연습이 필요한 나는 단 한 번 들었던 그녀의 이름을 여태 잊은 적이 없다. 추운 겨울밤, 따뜻한 모닥불과 같은 그녀를 아직도 또렷하게, 감사한 마음으로 기억하며 살고 있기 때문이다.

나의 특별한 빛은 무엇일까?

몇 번 얼굴만 보았던 희은 아주머니는 나를 집으로 데려가 추울지도 모르겠다며, 묵직하고 포근한 이불을 건네주었고, 준비해 둔 방에 그녀의 조카와 임시로 방을 함께 쓸 수 있도록 침대를 곱게 정돈해 주었다.

그리고 커다란 내 이민 가방들이 전부 들어가기에는 비좁은 방에 차마 들어가지 못하고 미안한 마음에 풀이 죽어 쭈뼛거리는 내게 말했다.

"아이고, 무거워서 그렇구나. 내가 도와줄게. 괜찮아. 이제 긴장 풀어도 돼! 편하게 친척 이모 집에 왔다고 생각해!"

따뜻한 저녁 식탁에 처음 보는 아주머니의 가족들과 다같이 둘러앉았다. 분명히 나에게 엄청난 일이 일어났지만, 그 순간만큼은 마치 평범한 일상의 어느 저녁 시간과 같았다.

나는 대화를 나누며 직접 차려주신 찌개와 밥을 먹었고, 밥을 다 먹은 후 그녀는 "기분이 다운될 때는 디저트만 한

게 없지!"라며 나를 위로하려고 일부러 사두었다는 케이크까지 내어 주었다.

덕분에 그날의 기억은 포근하게 남아있다. 그때의 마음이 눈에 보인다면 순수하리만치 하얗고 투명한 무지갯빛 비눗방울들이 떠오르는 것만 같다. 분명히 힘들었던 날의 기억이지만 희은 아주머니의 따스함이 고스란히 내 온몸과 마음으로 전해졌다.

아주머니는 마음이 조금 진정된 나를 보고 부모님과 통화할 수 있도록 전화를 걸어 나 대신 상황 설명을 도와주었다.

아주머니는 나를 계속 데리고 있으며 돌봐주고 싶어 했지만 비자 문제로 그럴 수 없는 상황이었다. 그래서 당장 쓸 수 있도록 소정의 돈과 임시 거처를 무료로 제공하며 당분간 돌봐줄 생각이라고, 걱정하지 말라고 말해주었다. 또 새로운 하숙집도 함께 천천히 찾아보자고 했다.

나의 특별한 빛은 무엇일까?

부모님은 너무 당황하고 걱정되는 목소리로 전화를 받았지만, 그녀의 친절한 도움과 사랑이 가득한 언어로 마음을 놓은 듯했다. 짧지만 강렬하다 못해 극심하게 길었던 하루는 그렇게 일단락되었다.

나는 잠들기 전 아주머니에게 꼭 전하고 싶었던 말을 용기를 내서 건네 보았다.

"오늘 너무… 정말… 너무 감사해요…. 그리고 저 때문에… 고생 많으셔서… 죄송해요."

너무나도 감사했지만, 한편으로는 또 얼떨떨하기도 했다. 사춘기를 겪고 있던 나는 그 상황이 조금 부끄럽기도 했던 것 같다.

그러자 그녀는 의외의 질문으로 대답을 대신했다.

"나는 정말 괜찮아. 오히려 너와 친하게 지낼 수 있는 시간을 보내게 된 것 같아서 좋은걸. 지현아, 마음이 아주 힘들고 어려울 텐데 용기 내 말해줘서 고마워."

그리고 아주머니는 조금 고민하는 내색을 보이더니 이내 말을 이어 갔다.

"솔직히 그 하숙집 아주머니가 아주 밉지? 당연히 미울 수밖에 없다고 생각해. 하지만 나에게 감사를 전하는 따뜻한 마음을 보니, 지현이는 할 수 있을 거란 생각이 들어서 말해볼게. 그 하숙집 아주머니에게도 조금 용기를 내서, 미움의 마음 대신 따뜻한 마음을 베풀어 줄 수 있을까? 어렵겠지만, 그렇게 조금 노력해 줄 수 있어?"

나는 내 마음을 들켜버린 것만 같아서 잠시 당황했지만, 왠지 그 말이 싫지만은 않았다.

생각해보면 하숙집 아주머니는 희은 아주머니의 친구였고, 그녀는 어린 내가 모르는 친구의 상처도 알고 있는 것 같았다. 나는 조금 고민했지만, 곧 솔직하게 말했다.

"아, 네…. 맞아요. 사실 너무 밉고 화가 나요. 솔직히 용서하고 싶지 않아요. 그분은 아주머니랑 다르잖아요. 너무 무

나의 특별한 빛은 무엇일까?

책임하고 나쁘게 행동한 거잖아요.”

그녀는 목이 메는 목소리로 대답하는 나를 살포시 안아 주었다.

“지현아, 사실 나는 너를 우연히 먼 거리에서 본 적이 있어. 주말마다 시장이 열리는 이 근처 광장을 지나간 적이 있지? 거기서 언제 한번 자전거를 타던 아이와 부딪쳤던 적이 있을 거야. 빠른 속도로 위험하게 자전거를 타면서 널 제치려던 아이가 길을 가던 너와 부딪쳐 너도 넘어지고, 그 아이도 자전거에서 굴러떨어지는 바람에 다쳤지. 그런데 너는 그 아이에게 화를 내지 않고, 오히려 아이를 부축해서 일어날 수 있도록 도와주면서 괜찮은지, 많이 다치지 않았는지 물어봐 주더라.”

나는 그녀의 말에 화들짝 놀랐다. 그 모습을 누군가가 지켜보고 있었다는 건 꿈에도 몰랐기 때문이다.

희은 아주머니는 웃으며 계속 이야기를 이어 나갔다.

"그때 나는 '아, 이 아이는 따뜻한 선택을 먼저 하는 아이구나.'라고 생각했지. 그 덕분에 나도 오늘 너의 상황을 알게 되었을 때, 나 또한 너에게 더욱 따뜻하게 다가갈 수 있는 용기를 낼 수 있었어. 그래서 바로 도울 수 있었던 것 같아. 오늘 그들이 너를 속상하게 한 건 분명하지만 그들을 미워하게 되면 너의 그 따뜻한 마음의 온기를 잃어버리진 않을까 걱정되더라. 나는 내게 전해진 너의 그 따스함을 지금처럼 다른 사람에게도 나누어주며 살아가면 좋겠어. 어렵겠지만, 너를 위해서 용서하는 선택을 해볼 수 있겠니?"

이상하게도 눈물이 흐르기 시작했다. 묻어두었던 감정이 벅차올라서였을까? 아주머니는 자신의 품으로 나를 따뜻하게 안아주었다.

그때 처음 깨닫게 되었다. 용서도 선택이다. 내가 진정한 용서를 선택할 때, 그 힘이 나를 다시 살아나게 만드는 것

나의 특별한 빛은 무엇일까?

이다.

용서의 힘은 상처받기 이전으로, 상처받은 일이 일어나기 전의 모습으로 돌아가게 하는 회복력이 있다. 상대를 미워하고 증오하며 흐트러졌던 집중력이 다시 나에게로 돌아와 나의 삶을 온전히 살아갈 수 있게 만들어준다.

살면서 누군가를 미워할 때도 있고, 이런 부정적인 마음을 떨쳐버리기 어려울 때가 있다. 그런 상황 속에서 모두가 용서를 선택하지는 않는다. 그래서 용서가 어떤 힘을 가졌는지는 그것을 선택해본 사람만이 알 수 있다.

몇 달간 다정한 그녀의 집에 머무르며, 시간은 금세 지나갔다. 나는 다시 새로운 하숙집을 구해서 옮겨 갔지만, 그날 밤 미움을 내려놓고 용서를 선택한 힘은, 내 마음속에 깊고 따뜻한 온기로 선한 가치관을 선택하고자 하는 나만의 고유한 빛으로 자리 잡게 되었다.

그날의 많은 선택이 그때와 달랐다면 내 삶이 어떻게 바뀌었을지 생각해본다. 나와 자전거 사고를 낸 아이에게 나눠줄 따뜻한 마음을 가지고 있지 않았다면, 혹은 그런 선택이 있을 만한 경험조차 없었다면, 나를 돕고자 선택한 희은 아주머니의 헌신과 사랑이 내게 전해지지 않았다면 선택의 갈림길에서 나는 과연 용서를 선택할 수 있었을까?

　사랑은 사랑만이 가진 특유의 힘이 있다. 사랑의 힘은 투명하고 강력해서 누군가 좌절하는 순간 그 사람을 일으키고, 도와줄 수 있는 도구가 된다. 절대 꺾이지 않을 것 같은 원망과 분노라도, 사랑은 그것을 변화시킬 수 있는 능력이 있다.

　나 혼자였다면 어려웠겠지만, 아주머니의 선한 선택으로 전해진 사랑의 힘으로 용서라는 선택을 할 수 있었다. 이때 겪은 사랑이란 감정은 그 어떤 감정보다 특별하고 힘이 있

나의 특별한 빛은 무엇일까?

기에 나는 이 사랑의 힘을 더욱 배우고 길러서 그녀처럼 이런 선한 영향을 전할 수 있는 사람이 되고 싶다는 열망을 갖게 되었다.

그 열망으로 용서를 선택할 수 있었다. 미움을 가지고 있으면 사랑이 들어올 자리가 없기에 내가 받은 사랑을 지켜내기 위해 결정한 첫 용서의 선택이었다.

정말 용서가 가능해?

    선택이라는 주제로 이야기할 때면, 항상 '그때, 그 당시 최상의 선택은 무엇이었을까?'라는 질문을 접하게 된다. 그럴 때마다 사람들이 생각하는 최상의 선택은 가지각색이다.

    나는 평상시 대화 속 사람들의 주관적인 의견이나 개인의 가치관에 대해 유연한 편이지만, 용서에 관해서는 굽히지 않는 절대적인 의견이 있다. 용서는 나를 위한 최상의 선택이라는 점이다.

나의 특별한 빛은 무엇일까?

'용서'는 그 어떤 것보다 자기 자신에게 꼭 필요한 부분이자 가장 좋은 선물이다. 어느 날, 친구가 물었던 적이 있다.

"너는 정말 그렇게 널 아프고 힘들게 한 사람이 용서가 돼? 나는 그게 쉽지 않은데. 넌 정말 용서가 가능해? 화나지 않고, 상대에 대한 미움을 멈출 수 있어?"

그녀의 진솔한 물음으로 나를 진지하게 되돌아보게 되었다.

도둑질도 한 번 하면 두 번은 쉽고, 두 번 하면 세 번이 쉽다지만 용서만큼은 그렇게 쉽지 않았기 때문이다. 나는 조금 고민하다가 그녀에게 나의 이야기를 시작했다.

호주에서 하숙집을 잃게 되는 뜻밖의 풍랑에 나의 배는 잠시 흔들렸지만, 곧 따뜻한 바람이 나를 새로운 거처로 이끌었다. 나는 유학원을 통해 현지 백인 가족과 함께 지낼 수 있는 새로운 하숙집으로 옮겨졌다. 그곳은 그런대로 나쁘지 않았다.

사실, 좋았다고 말하기는 조금 어렵다. 아무리 가족처럼 지내자고 했어도, 주인 부부는 맛있는 음식이 있으면 자기 두 딸을 위해 몰래 숨겨두었다. 저녁을 먹기 위해 시킨 배달 음식에서는 한 끼 금액에서 쓸 수 있는 한도가 있어 어쩔 수 없다는 핑계로 다른 가족들에게 주어진 새우튀김 두 마리가 내게는 빠져있었다. 그런 사소하고 유치했던 기억은 10대의 나에게는 그리 좋지 않게 다가왔다.

한 지붕 아래, 파란 눈의 금발 머리를 한 백인 가족 사이에 홀로 검은 머리카락과 짙은 밤색 눈동자를 가진 한국인 하숙생을 돈벌이 이상으로 환영한다는 건 어려운 일이었을 것이다.

그러나 어떤 이유에서든 차별적 대우를 받고, 관계의 시작이 경제적 구조로 얽힌 상태에서 지낸다는 건 쉽지 않은 환경이었다. 인종은 다르지만 같은 사람으로, 아직은 성장하는 과정의 어린아이로 나를 바라봐 주길 바랐지만 이런

나의 특별한 빛은 무엇일까?

내 마음과 같을 수는 없었다.

그토록 간절히 원하던 유학 생활이었던 만큼 영미권의 문화를 경험할 수 있었던 건 좋았다. 바닷가 도시, 시드니에 있는 학교 덕분에 버스로 20분이면 바닷가에 나가 온종일 누워서 책도 읽고 과제도 하던 찬란한 햇빛 같은 기억도 남아있다.

그렇지만 한편으로는 한국 음식, 한국어, 한국의 모든 것들이 그리웠다. 지지고 볶으며 투정 부리고 혼나기를 반복했던 부모님의 품도 간절했다.

다행히 학교에서 듣는 언어 수업을 좋아해서 영어도 금세 늘었고 일어, 불어, 스페인어 등도 재밌게 공부했다. 그러나 그런 좋은 점들을 뒤로하고, 그렇게 노력해도 안 빠지던 살이 스트레스로 인해 야위어 가는 게 보일 정도로 빠졌다. 지금은 노력해도 어려운 다이어트인데 말이다.

끝없이 따라다니는 유학생, 한국인, 동양인 등 다양한 꼬리표로 나를 바라보는 시선들 때문이었다. 부모님이 나의 그런 상태를 아실까 봐, 그래서 혹여 나에게 귀국하라고 이야기할까 봐 겁이 났다. 나는 이제 어떻게든 호주에서 졸업하고 싶었다.

나의 상태를 눈치챈 부모님은 기어코 호주에서 해내고 말겠다는 고집과 불굴의 의지를 불태우는 딸을 보며, 걱정스러운 마음에 엄마가 잠시 보호자 비자를 받아 함께 거주해 보기로 했다.

엄마와 함께 살기 시작하면서부터 불안했던 나의 내면이 조금씩 안정되었고, 그렇게 나의 고등학교 시절은 짧은 찰나처럼 지나갔다.

내일은 무엇을 먹을지가 하루 최대의 고민인 평범한 하루를 지내고 있었다. 그때는 드디어 내 삶도 평탄하게 흘러가

나의 특별한 빛은 무엇일까?

는구나 싶었다. 그러나 역시 평범하고 평탄한 일상은 내게
어울리지 않았다.

어느 날부터 엄마의 건강이 급격히 안 좋아졌다. 갑상샘
암이라는 적신호가 켜졌다. 호주에서 치료하기에는 여러 현
실적인 한계에 부딪혔고 그로 인해 엄마는 호주 생활을 정
리할 틈도 없이 급하게 한국으로 귀국해야 했다.

그 당시, 호주의 유학생 비자 발급 규정에는 반드시 보호
자 자격이 있는 사람이 지정되어 함께 살도록 명시되어 있
었다. 엄마의 귀국으로 내가 혼자 남겨진 것을 학교에서 알
게 되었고, 호주 정부는 학교를 통해 이 사실을 접하곤 법의
울타리에 따라 내 삶을 휘둘렀다. 어쨌든 그들은 나를 위한
다는 명목으로 자신들이 지정하는 '서류상 자격을 갖춘 무
작위 하숙집'에 나를 보내 버렸다. 나의 의견은 전혀 참작되
지 않은 일이었다.

그때, 나는 고3이었다. 수험생이라는 이름으로 각별한 대우를 받아도 모자랄 시기에 나는 또다시 혼란의 대이동을 겪게 된 것이다.

옮겨 간 하숙집에서는 영어가 서툴고, 우울한 표정을 지으며 퉁명스러운 말투로 대답을 이어가는 검은 머리의 중국인 아주머니가 기다리고 있었다. 그녀는 이혼 후 혼자 쌍둥이를 데리고 금전을 목적으로 하숙집을 운영했다.

이혼의 상처로 마음이 닫힌 상태여서 그랬을까? 나를 탐탁하게 여기지 않았던 그녀는 경계 태세를 단단히 갖추고, 밥그릇도 던지듯 무섭게 내려놓았다. 이번에도 가시방석과 같은 하숙 생활을 하게 되는 건가 싶었다. 그러나 대화를 나누다 보니 첫인상과 사뭇 다른 태도로 깊은 속내를 꺼내기 시작했다.

아주머니는 오랜 시간 우울증 약을 먹고 있었으며, 이제 갓 초등학생이 된 아이들을 홀로 돌보는 걸 벅차 했다. 이야

나의 특별한 빛은 무엇일까?

기할 사람이 없어 외로운 일상을 지내다 어느 순간부터 종종 내게 마음을 털어놓게 되었다.

같은 동양인으로서 외국 타지에서 지내는 게 쉽지 않다는 것을 나 또한 충분하게 겪었고, 그것이 어떤 의미인지 알았다. 그래서 그녀의 삶이 안타깝고 측은하게 느껴졌다. 내가 할 수 있는 한 그녀에게 최대한 공감하며 다가가고 싶었다.

나는 어린 나이에 부모와 떨어져 작은 몸을 이끌고 호주에서 지내는 동안, 어려운 시기마다 내 곁에 좋은 사람들이 곁에 함께 있어 주었기에 이만큼 견뎌낼 수 있었다고 생각한다. 물론 힘들고 아프게 했던 이들도 있었지만, 나의 기억에는 따스한 봄날의 햇살 같은 사람들의 정성 어린 돌봄과 친절한 도움이 훨씬 더 크게 남아있다. 그래서 추운 겨울을 버틸 수 있었고, 어려움을 이겨내고 그만큼 성장할 수 있었다.

나는 내 안에 그들이 흘려보내 준 사랑이 그녀에게도 전해지길 바랐다. 그 사랑의 조각들을 모아 따스한 온정으로 누군가의 아픔을 덮어주고 싶었다. 사랑으로 나의 분노와 우울함이 녹아내렸던 것처럼 그녀의 차가운 마음에도 봄이 오길 바랐다.

그녀의 하숙집은 정부에서 임시로 정해준 숙소여서 다시 정식 보호자의 거처를 구할 때까지 3개월 동안 머무는 곳이었다. 그동안 내가 원하는 보호자와 숙소를 구해서 정부에 알려주는 시스템이었다.

그곳에 머무르는 기간 동안 바쁜 고3 수험 생활을 이어나가야 했지만, 나는 계속 그녀의 이야기를 들어주고, 그녀와 아이들이 영어를 할 수 있도록 같이 시간을 보내며 공부를 도와주었다. 그녀를 돕기로 스스로 결심한 일이었기에, 매일 3시간씩 할애하며 그 마음을 지켰다.

3개월 동안 그녀와 아이들의 변화는 주변 사람들의 눈에

나의 특별한 빛은 무엇일까?

띌 만큼 찾아왔다. 그녀와 아이들은 밝아지고, 웃음이 많아졌다. 덩달아 나도 흐뭇함을 넘어 가슴이 벅차올랐다. 품어 왔던 내 안의 가치가 빛나고 있음에 보람을 느꼈다.

정부에서 정한 3개월의 시간은 다가왔고, 마침 치료를 마친 엄마는 다시 돌아올 수 있다는 소식을 알려왔다. 어느덧 헤어져야 할 시간이 찾아왔다. 날씨가 좋았던 어느 주말, 나는 그녀를 찾아가 우리에게 다가올 이별을 알렸다.

그녀는 노래를 들으며 흥얼거리고 있었다. 그러나 떠나야 한다는 나의 소식을 듣자마자 얼굴에 먹구름이 졌고, 천둥번개가 치듯 돌변했다. 마치 폭풍을 예고하듯 그녀는 무서운 얼굴로 변하기 시작했다.

"그건 있을 수 없는 일이야! 싫어, 안 돼! 그럴 수 없어. 내가 허락하지 않을 거야!"

끊임없이 반복되는 고함과 끓어오르는 엄청난 분노가 터

져 나왔다. 170센티미터인 장신의 그녀는 분노를 참지 못하고 커다란 손으로 나의 머리를 쥐었다. 그녀는 나의 머리채를 잡고 마구 뒤흔들었고, 슬리퍼를 신은 발은 나의 배와 몸통을 향해 무참히 발길질해 댔다.

너무 놀라서 그 어떤 말도 할 수 없었고, 정신이 없던 나는 살기 위해 그녀의 두 손을 가까스로 잡았다. 그러자 그녀는 내 얼굴에 침을 뱉었다. 그 순간 비명이 터져 나왔다. 그때는 그저 너무나도 고통스러웠고 치욕스러워서 그 순간이 끝나기만을 바라고 또 바랐다.

다행히도 정원서 꽃에 물을 주던 이웃이 그 비명을 듣고 경찰에 신고해주었고, 신속히 출동한 경찰의 저지로 무차별한 폭력은 종결되었다.

경찰의 보호를 받으며 나오는 길에 부들부들 떨리는 몸을 진정시키려고 가슴에 손을 얹자, 손끝에 빠르게 뛰는 나의 심장박동이 느껴졌다.

나의 특별한 빛은 무엇일까?

경찰관들은 급히 내 짐을 싸주었다. 엉망진창으로 싼 나의 이민 가방은 경찰차에 구겨 넣어졌고, 나도 뒤따라 짐처럼 차에 실려 떠났다.

그 길은 마치 도살장으로 끌려가는 소처럼 구슬프고 처량했다. 구겨진 이민 가방처럼 내 마음도 그랬다. 나는 또다시 그렇게 정부가 지정하는 임시 숙소로 향해야만 했다.

그렇게 시간은 느리게 흘렀다.

옮겨 간 임시 하숙집은 다행히도 친절한 호주 현지 가정으로 유럽으로 유학 간 딸의 빈자리를 채우고 싶어서 빈방을 하숙으로 내놓은 곳이었다. 나의 소식을 경찰에게 전해들은 뒤라 극진히 보살피며 배려해주었다. 끝나지 않을 것 같은 떠돌이 생활에서 만난 작은 행운이었다.

그렇지만 가장 중요하다는 고3 시기에 나는 공부에 집중할 수 없었다. 내게는 절망스러운 감정만 남아있을 뿐이었다. 버스에 타기만 하면 창밖을 바라보다 바로 닭똥 같은 눈물을 흘리곤 했다.

분노와 원망은 끊임없이 차올랐다. 도저히 참을 수 없었고, 견딜 수 없었다. 그렇지만 그 당시 가장 많이 화나고 원망스러웠던 대상은 바로 나 자신이었다. 선을 악으로 갚은 그녀보다 선한 마음을 베풀고자 선택했던 내가 싫었다. 생각할수록 미웠고, 생각할수록 화가 났다. 나는 내가 했던 선택을 끊임없이 곱씹으며 힐난하고, 자책했다.

용암 불같은 화는 점차 내 마음과 두 눈을 가리는 듯했다. 갈 곳 없는 분노가 자꾸 그녀를 원망하게 했다.

'내가 느끼는 고통을 알기나 할까?'

처음으로 누군가에게 복수하고 싶다는 생각마저 들었다. 내가 당한 설움과 고통을 그녀도 조금이나마 알게 되길 바랐다.

그만큼 들끓는 감정을 참아내는 것은 너무 힘겨웠다. 시

나의 특별한 빛은 무엇일까?

도 때도 없이 솟구치는 감정은 고삐를 쥘 수 없이 사나웠다. 그건 내게 너무 힘겨운 사투였다.

무서우리만치 부정적이고 파괴적이었던 감정은 내가 아무리 악을 써도 나를 제외한 세상에 단 한 톨도 영향을 미치지 않았다. 내 감정은 세상을 집어삼킬 듯 컸는데, 그런데도 여전히 평화로이 해는 뜨고 졌다. 세상은 자기 할 일에 충실했다. 언제나 그랬듯 시간은 흘렀다.

그 사건 후로 꽤 시간이 지난 어느 날이었다. 학교에서 돌아오자 그때 사건을 담당했던 경찰관들이 나를 만나기 위해 기다리고 있었다.

"잘 지냈지? 아니, 잘 지내고 있니?"

경찰관은 내가 회복이 잘 되어 가고 있는지 먼저 조심스럽게 물어봤다. 그리고 이내 중요한 이야기를 꺼냈다.

"검사가 사건을 검토하고 곧 재판에 넘길 거야. 이후 재판이 열리면, 그녀를 처벌할 권리가 네게 주어지게 된단다. 네가 원한다면 재판에 서지 않도록 처벌 불허도 가능한데, 어떻게 하고 싶니?"

그는 물끄러미 나를 바라보며 물었다.

어떻게 하고 싶냐니, 그 중국인 하숙집 아주머니를?

나는 울컥 떠오른 감정을 침착하게 삼켰다. 겨우 조금이나마 잊고 살았는데, 그 노력이 우스울 만큼 그날의 기억은 다시 생생하게 떠올랐다.

시간이 흐른 뒤 다시 돌아본 기억은 이전의 내가 기억했던 장면과 조금 달라져 있었다. 그 순간 보이지 않았던 것들이 보이기 시작했다. 그 기억 속 처절했던 내 모습뿐만 아니라, 중국인 하숙집 아주머니의 표정도, 그리고 그 집 아이들의 얼굴도 기억났다.

그제야 몇 달 동안 단 한 번도 떠올리지 못했던 단어가 떠올랐다. 누군가가 나에게 물어본 것은 아니었지만, 이 상황

나의 특별한 빛은 무엇일까?

은 마치 내게 용서를 선택할 것인지를 묻는 것 같았다.

나는 담당 경찰관에게 잠시 생각할 시간이 필요하다고, 시간을 가진 후 다시 돌아오겠다고 말했다. 그리고 마당 앞의 연결된 숲속을 걷기 위해 홀로 밖으로 나왔다.

'나는 왜, 무엇을, 누구를 위해 용서해야 할까? 나는 언제나 용서만 해야 하는 사람인가? 나만 용서하면 다 되는 건가, 끝인 건가? 누구 좋으라고 용서하라는 것인가?'

그 순간 갑자기 모든 생각을 멈추고 싶었다. 용서란 단어를 떠올리는 것 자체가 화가 났기 때문이다.

내가 처음 용서를 선택했을 때 어땠는지를 떠올려봤다. 벌써 몇 년 전 일이었다. 그리고 나에게 사랑을 전해주었던 희은 아주머니에 대한 감정이 어땠는지, 그것이 어떤 의미였는지도 다시 기억났다.

나는 언제나 따뜻한 사람이 되고 싶었고, 그렇게 살아가고 싶었다. 희은 아주머니로 인해 그렇게 살아가는 삶이 얼마나 행복한지 알게 되었고, 그렇게 사는 삶이 어떤 삶보다 좋아 보였다. 그래서 나는 그 행복을 잃고 싶지 않았다.

 과거의 나는 분명히 수많은 사람의 선의로 도움을 받았고, 나 또한 누군가를 돕기 위해 선택을 했다. 결국 그건 모두 사랑에서 시작되었음을 기억했다. 곧이어 나는 침착하게 스스로 질문했다.

 '나는 지금 행복한가?'

 마음속 깊은 곳에서부터, 나는 아니라고 대답했다. 괴로웠다. 마음속으론 그 중국인 아주머니가 너무도 미웠고, 원망스러웠기 때문이다. 그 감정은 자연스럽고 당연했지만, 결국 나는 내면의 부정적인 감정에 매몰되어 스스로를 가둔 채 앞으로 나아가지 못했다.

 나는 그 감정을 꽁꽁 밧줄로 감싸 묶어 놓고, 두꺼운 면포

나의 특별한 빛은 무엇일까?

로 안 보이게 씌웠다. 그러고는 마치 그 감정이 없는 것처럼 살았고, 그런 일이 없던 것처럼 살기 위해 모른 척 덮어두고 살았다. 하지만 그럴 순 없었다.

깊은 터널을 지났고, 원망하고 미워했던 중국인 하숙집 아주머니 뒤로 그동안 보지 못했던, 멍들고 다쳤던 만신창이 마음을 한 내면의 거울 속 나를 마주했다. 나는 처음으로 온전하게 그날의 나를 보았다. 그날, 상처받았던 모습의 내가 고개를 들고 나를 마주한 것 같았다.

'이제는 놓아줄 때가 되었어. 나의 행복을 위해서. 나는 이제 더 이상 아프지 않고 싶으니까. 미래의 나는 지금보다 행복해지고 싶거든. 앞으로 더욱더 많이 행복해지고 싶어. 다치고 아팠던 그때의 내가 생각나지 않을 만큼 아주 많이.'

일그러졌던 내 가치관도 툭툭 털어서 다시 곱게 폈다. 그러자 내가 결심했던 내 삶의 가장 중요한 빛이 다시 빛나기 시작했다. 나는 터널 속 끝자락에서 나오는 한 줄기 빛을 보고, 다시 걸어 나가기 시작했다. 밝고 선한 선택을 다시 해보기 위해….

'지현아, 네가 살고 싶었던 모습을 잃지 말자. 너만의 그 빛이 담긴 모습을 부디 잃어버리지 말자.'

나는 다짐하듯 나에게 이야기해주었다.

숲길을 걸어 들어올 때 남겨진 내 발자국을 따라 다시 돌아갔다. 고심하며 돌아다녔던 내 발자국마저 숲길에선 유일무이하고 고유했다. 시선 끝에는 나를 기다리던 경찰관이 보였다. 나는 후회하고 싶지 않았다.

"Yes, I finally made my choice. I do not want to make her punished. Please do not let the punishment to process."

(저, 선택했어요. 나는 처벌을 원하지 않아요. 처벌을 불허해주세요.)

나의 특별한 빛은 무엇일까?

나를 걱정하며 기다리던 경찰관들은 뜻밖의 결과에 내심 놀란 눈치였다. 나는 꿋꿋하게 그 자리에서 필요한 서류를 작성하고 서명했다.

"What a good girl, very good job. It must be really hard, difficult. Its very sweet heart of you! Um… Is this for her children, right?"

(잘했어, 정말 착한 아이네. 너무 어렵고 힘든 결정이었을 텐데, 너는 정말 선한 마음을 가지고 있구나! 음… 그녀의 아이들을 위해서지?)

나는 몇 달 만에 진심 어린 환한 웃음을 지으며 대답했다.

"No, this is absolutely for me, myself!"

(아니요, 이건 확실하게 나, 저 자신을 위해서예요!)

이 사건 이후에도 내 삶에서 나는 여전히 용서가 필요한 사람들을 만났다. 하지만 얼마나 오래 걸리든, 결국 마지막 엔 용서를 선택하며 살아왔다. 그렇게 용서는 내 가치관을 지키고자 하는 끊임없는 연습과 노력으로 계속 선택되었다.

진정한 용서는 나를 위한 선물이 되었다. 그 과정은 항상 괴롭고 어려웠지만 그 선택 이후 나는 부정적인 감정에서 벗어나 진정한 자유를 만끽할 수 있었다.

이제는 용서를 선택하라고, 그 선택은 꽤 괜찮다고 누구에게나 당당하게 말할 수 있게 되었다. 가장 중요한 것은 내가 더 이상 고통스럽지 않아야 한다는 사실이다. 나의 상처와 부정적인 감정에 내 남은 삶마저 잡아먹히지 않는 것이다. 그렇게 스스로 행복을 쟁취할 수 있도록 자신을 바로 세워야 한다.

용서에 도달하기까지 상처의 깊이만큼 치열할 때도 있다. 그렇지만 치열한 만큼 값지다. 가장 행복한 것은 복수하는 것도 아니고, 상처를 준 상대를 이기는 것도 아니다.

용서는 절대 할 수 없을 것 같은 삶을 뒤집는 역전의 능력

나의 특별한 빛은 무엇일까?

이다. 당신의 삶을 스스로 역전할 수 있는 기회는 용서에 이르기까지 당신의 끊임없는 선택에 달렸다. 나는 모든 이들이 언젠가 상처가 치유되어 마땅히 자기의 행복을 쟁취하길 바란다.

나의 특별한 빛은 무엇일까?

자기만의 북극성을
만들어 간다는 것

　돈을 잘 버는 것, 좋은 학교에 들어가는 것, 누구나 아는 대기업에 입사하는 것, 이름 있는 대회에서 상을 받는 것, 어느 정도 이상의 월급을 받는 것, 누구나 아는 외제 차를 타는 것, 고급 브랜드 제품을 쓰는 것….

　우리는 이런 것들로 성공의 기준을 평가하는 시대에 살고 있지만, 이 기준에 맞춰 모든 사람이 살아야 하는 것도 아니고, 그 기준에 부합한다고 해서 성공했다고 할 수 있는 것은 아니다.

우리 사회에서 이야기하는 소위 '잘나가 보이는 것'이 한 사람의 성공이 될 수는 없다. 우리는 계속 성공해야 한다고만 알고 있지, 그 성공이 무엇인지에 대한 본질적인 이야기는 하지 않는다. 그러므로 사회가 평가하는 기준에 적합하지 않다고 해서 패배자라는 것 또한 성립될 수 없다.

　현시대를 '평균 과잉 사회'라고도 한다. 요령 없이 성실한 것, 솔직하고 정직한 것이 득이 아닌 실이 되는 시대. 세상은 우리가 성공하고 싶고 잘 살고 싶다면, 끊임없이 자신을 몰아붙이고 채찍질하며 살아야 한다고 말한다. 스스로를 무한한 경쟁의 세계에 밀어 넣고, 주변을 돌아볼 새도 없이 목적지만 향해 뛰어야 한다. 그러니 우리에게 산다는 건 괴롭고 힘들다고 느껴지는 게 당연하다.

　주위를 둘러보면 나 빼고 모두 잘 사는 것처럼 보인다. SNS와 인터넷, 각종 매체에서는 넓은 집에서 홀로 한가로

나의 특별한 빛은 무엇일까?

운 휴식이나 취미 생활을 즐기기도 하고, 고급스러운 식당이나 휴양지에서 보내는 등, 누군가에겐 꿈같은 하루를 어떤 이의 일상처럼 보여준다. 핫하고 화려한 장소에서 파티하거나 쇼핑하는 이들은 화면 속에서 모두 웃고 있다.

현실 속의 나는 지극히 평범하게 고단한 하루 끝에 겨우 자리에 앉아보는데, 삶의 모습이 이토록 차이가 난다는 생각에 이질감이 들고, 상대적 박탈감이 찾아오기도 한다. 나는 앞으로 얼마나 더 이렇게 살아야 그런 삶을 살아갈 수 있을지 생각하다가 쓴웃음을 짓기도 한다.

어느새 우리는 그렇게 자신과 타인에 대한 이상향이 높은 기준으로 살아가고 있다. 모두 부자가 될 수 없고, 모든 부자가 행복하지는 않기에, 성공의 기준이 오직 부에만 달린 것도 아니다. 사실, 우리는 이미 이 문장을 알고 있지만 더이상 믿지 않을 때가 많다.

이 문장을 더 이상 믿지 않는다는 것은 다리가 불편한 사람에게 달리기에서 1등을 강요하고, 어렵고 선호하지 않는 분야, 심지어 개인이 원하지 않는 분야에서도 1등을 해야 마땅하다고 생각하는 것과 같다.

마치 모두 똑같아야 공평하다는 개념과 다르지 않다. 그런 경직된 삶의 기준을 가진 사회가 나침반이라면, 초침이 없는 것과 같다. 방향을 잃어버린 것이다.

그러다 보니 '나는 뒤처지면 안 돼. 이 기준에서 조금이라도 벗어나면 나는 패배자야.'라는 생각에서 오는 상대적 박탈감으로 삶의 모든 의미까지 잃어버리기도 한다.

그래서 조금 부족하다고 생각하면 자존감이 금세 바닥을 친다. 반대로, 누군가의 작은 반응이나 칭찬 한마디로 자존감이 금세 올라가기도 한다.

타인의 기준으로 이리저리 흔들리는 모습은 진정한 자신의 실제 모습이 아니다. 이런 모습은 그것이 자신만의 고유한 빛인지 확신할 수 없을 뿐이다.

나의 특별한 빛은 무엇일까?

시대에 억지로 꿰맞추려 애쓰다 보니, 각자의 내면 가치와 그 고유한 빛을 잃었던 것은 아닐까? 우리의 재능과 성공은 사회적 능력이나 조건적 능력으로만 국한되어 왜 자신이 특별하고 고유한지를 잃어버린 것 같다.

고유한 빛, 고유한 재능은 보편적으로 이야기하는 가치와는 다르다. 자기만의 재능은 학벌과 같이 환경에서 만들어지는 스펙도 아니다. 또한 단순히 공부를 잘하고, 악기를 잘다루는, 그러한 재능을 뜻하는 것도 아니다.

고유한 빛은 자기만의 가치를 뜻하는 진정한 나의 모습이다. 내 모습 속에는 공평하게 주어진 '타고난 영역의 고유한 재능'이 있다. 이 고유한 재능은 사람마다 지니고 살아가는 삶을 대하는 태도이자, 끊임없이 성장할 수 있는 특별한 재능이기도 하다.

당신이 어떤 선택을 하고, 어떻게 마음을 먹었으며, 어떻게 살아가려고 하느냐에 따라 타고났지만 숨겨져 있던 재능이 발휘되기도 하고, 개발되기도 한다. 혹은 발견되지 못하고, 묻힌 채 살아가기도 한다.

누군가는 사회적으로 뛰어난 훌륭한 재능을 갖고 태어난다. 태어날 때부터 누군가는 많은 재능을 가지고, 누군가는 적은 재능을 가질 수도 있다. 그렇지만 누가 얼마나 많고 좋은 재능을 가졌는지가 삶의 전부가 될 수 없다.

재능은 꽃과 같다. 환경과 기후에 맞춰 개화하는 조건이 모두 다른 꽃처럼, 많은 재능을 가졌지만 냉해와 같은 환경 속에서 모두 피지 못할 수 있다. 그리고 하나의 재능을 가졌지만 냉해에도 강한 의지와 노력으로 유일하게 필 수도 있는 것이다.

봄에 피는 꽃은 여름에는 피지 못한다. 호주에서 꽃이 필 때, 우리나라에서는 그 꽃이 피지 않는다. 세상의 꽃들이 개

나의 특별한 빛은 무엇일까?

화 시기가 각각 다른 것처럼 우리의 꽃도 피어나는 계절과 시기가 있는 법이다.

가장 아름다운 꽃 모양을 가지고 태어났어도, 그 꽃이 필 때까지는 어떤 모양인지 알 수 없다. 안타까운 것은 아직 피지 못한 지금의 모습만으로 좌절하며 마땅히 뿌리내려야 할 땅에 씨앗조차 틔우지 못하는 것이다.

우리가 끊임없이 선택의 순간에 놓이는 것은 결국 세상에 마련된 자신만의 재능의 자리를 찾는 것과 같다. 세상에 마땅히 있어야 할 곳에 이르기 위한 기나긴 여정과 같은 것이다.

내가 많은 어려움을 딛고 그다음 자리로 나아갈 수 있었던 힘은 고유한 빛을 찾아내고자 노력하고, 지켜왔기 때문이다.

내가 이르렀던 첫 번째 빛, 그 재능은 어떤 상황에서도 결국 용서를 선택하려는 태도였다. 돌이켜보면 증오와 분노 속에서도 용서를 선택하는 용기를 내왔고, 그 선택으로 만들어진 길에서 내 안에 발견된 재능은 아름답게 피어났다.

내가 용서를 선택한 순간들은 깊은 터널 속에서도 고유한 빛을 따라가고자 했기에 내릴 수 있었던 용기였다. 진정한 용서를 선택할수록 그 빛을 향한 길로 걸어가는 것이 조금 더 쉬워졌다. 그 어떤 부정적인 감정이나 어려움도 용서를 선택한 내 삶에 영향을 끼칠 수 없었기 때문이다. 나는 이처럼 모든 이들이 북극성처럼 자신만의 위치에서 빛을 내는 별을 만들어 갈 수 있길 바란다.

북극성은 언제나 하늘에 떠 있는 별이다. 계절에 상관없이 가장 어두운 밤일 때 더 쉽게 찾을 수 있다. 오랜 옛날부터 사람들은 길을 찾으려면, 가던 길을 멈춘 채 하늘을 보아야 했다. 그래야 북극성을 보고 길을 찾아갈 수 있기 때문이다.

나의 특별한 빛은 무엇일까?

산업과 문명이 발전한 이 시대에 사는 우리에겐 나침반이라는 것이 생겼다. 하지만 나침반 또한 세상이 정해 놓은 방향의 기준에 맞추어 만들어진 도구일 뿐이다. 그 방향도 결국 내가 있어야 할 곳을 찾을 수 있게 돕는 것이지, 목적지와 같은 삶의 정답이 될 수는 없다.

우리의 본질은 나침반보다는 별과 더 닮았다. 우리의 삶은 각자의 자리에서 빛나는 별에 가깝다. 그래서 고유하게 빛나는 북극성이 훨씬 더 우리의 삶에 걸맞다.

당신도 북극성처럼 자신만의 삶의 가치와 목적을 담고 있는 진정하고 고유한 모습을 찾길 바란다. 북극성이 기준이 되어 삶의 방향을 지시하고 이끌어주는 고유한 빛과 같은 징표를 만들고 나아가길 바란다. 그렇게 모두가 유일무이하고 고유한 북극성처럼 살길 바라는 마음이다.

우리는 모두 언젠가 크든 작든 용서라는 단어와 부딪치는 순간을 마주하게 된다. 나는 살면서 여태껏 그 단어와 부딪치지 않았던 사람을 본 적이 없다. 그 어려움 앞에 설 때면, 자기 선택에 따라 여러 방향으로 나뉘어 많은 결과가 달라진다.

용서를 선택할 수 있는 순간은 내가 상처받았을 때 찾아온다. 가장 깊은 상처일수록 당신의 선택은 어렵고 치열할 것이다. 그럴 때마다 걸음을 멈추고, 하늘을 보라. 가장 어두운 밤, 당신의 북극성이 보일 것이다.

나의 특별한 빛은 무엇일까?

언제나 도전을 선택했던 이유

다사다난했던 학창 시절을 보낸 내게도 어느덧 한국의 고3들처럼 어느 대학에 진학해야 할지, 결정해야 하는 순간이 찾아왔다. 누구나 그렇듯 '진로'라는 인생의 중요한 갈림길 앞에서 지독하게 고민하는 순간에 놓이게 된 것이다.

다양한 언어를 졸업 특수 과목으로 이수했던 나는 현지 호주 국내 언어 대회에서 수상할 만큼 언어를 곧잘 해낸 터라 감사하게도 수능 이외에 언어 특기생으로 대학에 지원할 기회가 주어졌다. 원래 출발했던 꿈처럼….

    호주와 같은 영미권이기도 했고, 더 큰 세계를 경험하고 싶다는 욕심에 나는 미국의 꽤 유명한 대학들에 지원했다. 그리고 지원한 학교에 합격하면 좋겠다는 즐거운 기대를 하면서 그곳에 가는 꿈을 그렸다.

    설레는 마음으로 지원서의 사소한 문장까지도 썼다 지우기를 수없이 반복했다. 그 어느 때보다 열정을 쏟았고, 몇 주 동안 밤을 새우며 작성했다. 지원서를 제출하고, 결과를 기다리는 시간은 너무나도 길었다.

    침대에 대자로 누워 돌아가는 컴퓨터의 모터 소리에 집중을 해봐도, 베개로 얼굴을 모두 가리고 잠을 청해봐도, 소파에 기다랗게 두 다리를 뻗은 채 천장 위 유유히 자신의 길을 걸어 나가는, 조그만 점처럼 보이는 개미의 모습을 바라봐도, 초조한 마음을 잠재우기에는 무용지물이었다. 생각을

나의 특별한 빛은 무엇일까?

비워 내기 위한 시도는 아무 소용이 없는 듯했다. 간절한 기대에 큰 폭으로 떨리는 심장박동을 그 어느 것으로도 가라앉힐 수는 없었다.

그렇게 얼마 후, 긴장 속 주어진 휴식의 달콤함이 익숙해질 무렵 놀랍게도 지원했던 대부분의 미국 대학에서 합격통지서가 줄지어 날아왔다.

하지만 기쁨을 만끽하기도 전, 공교롭게도 같은 시기 아버지에게도 회사의 구조조정과 맞물려 예상했던 것보다 훨씬 빠른 은퇴가 찾아왔다.

합격통지서에는 입학을 위해 내야 하는 연간 학비와 예상 생활비 등이 기재되어 있었고, 이제 갓 성인이 된 나에게는 결코 감당할 수 없는 너무 많은 자릿수의 숫자들이 빼곡히 적혀 있었다.

내 예상을 훨씬 초과하는 억대의 금액에 얼어버릴 수밖에 없었고, 부모님의 경제적 사정을 알았던 나로서는 기다리던 합격통지서를 받았다고 마냥 좋아할 수는 없었다.

이제 성인을 목전에 둔 나는 여전히 현실과 동떨어진 어린아이가 아니었기에, 무작정 합격한 대학에 보내 달라는 말을 차마 할 수 없었다.

나는 어떻게 해야 할지 몰랐다. 모든 스무 살에게 가장 많은 위로가 필요하다고 했던가. 나 또한 포기해야 할지도 모를 진로의 단두대 위에 서서 어찌할 바를 모르고 혼란에 빠져 헤매고 있었다.

나뿐만 아니라 친구들도 인생의 새로운 시기를 앞두고, 입시 결과들이 판가름 나기 시작했다. 학교는 소란스러웠다. 모두가 합격 여부에 울고 웃었지만 나는 시끌벅적한 친구들을 앞에 두고도 어울리지 못했다. 그 당시 현실적인 문제로 생각을 정리하지도 못한 채 무기력해져 있었다.

나의 특별한 빛은 무엇일까?

그런 내가 눈에 밟혔는지 스웨덴 친구가 팁을 주었다. 유럽은 영어 실력과 현지 언어 실력이 함께 갖춰지면 국비 지원이 가능해서 최소한의 학비만으로 다닐 수 있는 대학이 있다는 것이다.

그 친구의 이야기를 듣고 내가 합격한 미국 대학에도 비슷한 프로그램이 있는지 알아보게 되었다. 현실적인 문제로 고민하는 나에게 마침 언어 특기생으로 장학금을 지원해주겠다는 학교들이 있었고, 불어 실력을 갖춘 사람은 현지 캠퍼스의 프랑스 대학과 연계된 장학 프로그램을 이용할 수 있다는 것도 알게 되었다.

나는 온종일 고민했다. 같은 자리에서 엉덩이에 딱풀이라도 발라 놓은 듯 한 번도 움직이지 못했다. 천천히 눈만 깜박이며 몸을 한껏 웅크리고 깊은 생각에 잠겼다. 생각을 지나치게 많이 하다 보니 머리는 어지러웠고, 몸은 젖은 솜이 불처럼 무거웠다.

나는 합격의 기쁨보다 걱정들이 먼저 떠올랐다.

언어를 또 공부해야 하나?
새로운 문화에 다시 적응하고 살아남기 위해 애써야 하나?
처음부터 모든 환경을 리셋해야 하나?

나는 언어도, 문화도, 인종도 다른 곳에서 애쓴다는 게 얼마나 힘든지 누구보다 잘 알고 있었다. 그래서 멋진 유럽의 거리와 낭만을 생각할 수 없었다. 그저 힘겹게 고군분투했던 내 발걸음이 다시 시작된다는 것에 큰 부담이 느껴질 뿐이었다.

처음 해외 생활을 시작할 때 나는 고작 열세 살이었다. 낯선 땅에서 겪었던 정신적 스트레스와 예기치 않게 만난 위험한 사건들은 적응이 힘들 만큼 버거웠다. 영화와 같은 시간 속에서 드물게 찾아온 행운에 감사하며, 할 수 있는 최선

나의 특별한 빛은 무엇일까?

의 선택을 하며 견뎌왔다.

차별 속에서 경쟁하고 노력하며 필사적으로 영어와 영미권 문화에 적응하기 위해 애를 써왔기에 또 다른 문화인 유럽에 관한 선택지는 마치 모든 시작의 반복 같아서 고민될 수밖에 없었다.

그래도 그렇게 지나온 시간이 있어서 나는 새로운 환경에서 무언가를 시작하는 것에 대한 두려움이 덜했다. 일찍부터 내 삶에 찾아온 풍파로 인해 여러 곳으로 거주를 옮길 때마다 어느새 매번 거기에 적응하며 강해져 있었다.

나는 일상을 꾸려 나가는 과정에서 일어나는 다양한 문제들 덕분에 관공서의 모든 서류를 혼자 작성했고, 이사 전문, 중고 생활용품 구하기의 달인이 되었다. 그리고 굳은살이 밴 적응력과 생활력이 더해져 자신감을 획득했다.

'새로운 게임에서 다시 레벨 1부터 시작해야 하나?'

모든 것을 처음부터 다시 시작해야 한다는 것은 무언가를 시작도 하기 전에 언제나 망설여진다. 황무지와 같은 새로운 언어와 문화권에서 다시 시작한다는 건 언제나 쉽지 않은 선택이었다. 나 또한 이전의 나와는 많은 것이 달라졌고 발전했다고 생각했지만, 선택의 기로 앞에서는 여전히 괜찮아질 수 없었다.

선택에는 항상 불안정한 감정이 따라온다. 가보지 않은 길은 두려운 것이 당연하다. 선택은 새로운 문 앞에 우리를 데려다 놓기에 늘 새롭다. 문득 이 사실을 깨닫게 되자 마음이 한결 가벼워짐을 느낄 수 있었다.

때로는 원하지 않은 순간 선택의 갈림길에 서기도 한다. 우리가 내려야 하는 선택이 사실 우리에게 이로운 선택이라는 것을 알고 있을 때도 있다. 하지만 그 길이 너무 힘들고, 두렵고, 싫어서, 그 선택을 고민하기도 한다.

나의 특별한 빛은 무엇일까?

결국, 나는 또 한 번 나의 몸집만 한 커다란 이민 가방을 꾸렸다.

무언가 시도하기도 전에 지레 겁먹고 돌아서게 된다면, 나는 분명 후회할 것이다. 멈추면 아무것도 일어나지 않는다는 걸 알고 있다. 멈춰진 삶보다 달라지지 않는 삶이 나는 더 싫었다. 시간이 지났는데도 아무것도 달라지지 않는 것은 더 끔찍하다. 그것이 앞으로 겪을 무한한 불안과 걱정보다 더 무서운 미래로 느껴지기 때문이다.

고통스러운 선택일지라도 새로운 문이 있다면 직접 열어보자.

내가 내 삶의 주인이라면, 주인답게 나를 위한 좋은 선택을 해보자.

그리고 이왕 이 선택을 해야 한다면 이겨낼 수 있고, 극복할 수 있을 거라고 믿고 가보자.

내가 직접 열어보기 전에 그 선택의 문 너머가 어떻다고,

이러쿵저러쿵 이야기하는 건 잠시 접어두자.

새로운 선택은 도전을 선호하는 사람에게조차 절대 달갑지만은 않다. 그 뒷모습에는 언제나 수많은 두려움이 함께한다.

변화는 모두에게 두렵다. 새로운 문 앞에서는 항상 그런 기분이 든다. 그런데도 나아가야 한다면, 거대한 운명의 힘에 어쩔 수 없이 끌려가기보다 스스로 직접 선택하는 것이 더 좋다고 믿을 뿐이다.

새로운 나라로 향하는 딸을 부모님은 언제나 그랬듯 보내기 힘들어하셨다. 부모님은 떠나는 내 모습을 자꾸만 돌아보셨다. 그 모습에 나는 괜찮다고, 몇 번이나 손을 흔들며 익숙해진 작별 인사를 했다. 호주보다 더 긴 시간의 비행이 시작되었고, 그렇게 밟게 된 유럽의 땅, 나는 프랑스라는 새로운 선택의 문을 열면서 다시 도전을 시작했다.

나의 특별한 빛은 무엇일까?

있는 그대로 수용하고
받아들이는 연습

　　오렌지빛 가로등은 짙은 어둠 속을 은은하게 밝혔다. 그 빛은 센강 물결 위로 찬란하게 부서져 내려왔다. 유럽의 밤은 감성이 깊어진다.

　　"프랑스만의 풍경이 도시 곳곳에 깃들어 있어 걷는 것만으로도 좋았다. 나는 걷고 또 걸으며 행복에 젖어 도시를 누비고 다녔다."라고 할 수 있을 줄 알았지만, 내게 주어진 현실은 그렇게 녹록지 않았다.

아버지의 퇴직 후 떠나온 프랑스에서 나는 생계형 유학생이었다. 그래서 내게는 그 감성이 오래가지 못했다.

내가 지낸 거주지는 수녀원에서 일정 시간 봉사활동을 하는 조건으로 운영하는 여자 기숙사였다. 아주 작은 방만 개인적으로 사용하고 모든 것을 공동으로 사용했는데, 빠르게 불어를 배워야 했던 나에겐 프랑스인 친구들과 어울리며 언어도 배울 수 있는 좋은 기회였다.

기숙사에 입주하던 날, 오래되었지만 고즈넉한 목조 건물이 나를 반겼다. 나는 그 당시 커다란 나무에 풍성한 가지가 한껏 드리워진 창문을 품은 방에 배정되었다. 낡은 건물에는 생쥐가 많이 살았는데 한창 불어에 익숙하지 않아 외로웠던 시절, 내게는 유일한 친구 같았다.

창문 틈으로 자란 나뭇가지를 자르지 않아 살짝 열린 창문 틈새로 빼꼼히 고개를 내밀고 들어오다 내게 들키곤 했

나의 특별한 빛은 무엇일까?

다. 나는 옷 정리를 위해 장롱 구석구석을 열어보다가 숨어 있던 쥐들과 마주치기도 했다.

어느 날 밤에는 책상에 앉아 공부하다가 삐걱하고 열리는 문에 겁에 질려 얼어버린 적이 있었다. 그것도 생쥐였다. 생쥐는 문을 열어 놓고 자기도 깜짝 놀라 그대로 얼어버렸다. 살면서 생쥐의 질린 표정까지 보게 될 줄은 몰랐다. 놀란 생쥐는 후다닥 도망갔고, 나는 그 모습이 어이없어 멍하니 서있었다.

굳이 원하지 않았지만, 기꺼이 함께해준 작은 친구들이었다. 아니, 사실 작지는 않았다. 내가 크고 징그럽다고 느낀 프랑스 생쥐는 좋아할 수 있는 이미지가 아니었다. 〈라따뚜이〉에 나오는 생쥐를 상상하면 큰 오산이다. 반갑지 않은 생쥐들은 자주 출몰했고, 이것저것 갉아 놓아서 나는 고군분투했다. 그러다 집을 나와 멀리 보이는 에펠탑을 바라보면 나도 모르게 허탈한 웃음이 났다.

그 당시 내게는 언제 다시 마주칠지 모르는 생쥐의 존재가 현실을 벗어나고 싶게 만드는 요소였다. 창밖에서 화려하게 빛나는 에펠탑은 내 기분을 되레 더 나쁘게 만들었다. 언제까지 이런 시간을 버텨야 할까? 나는 우울함에 잠식되고 있었다.

나는 학업과 함께 여러 개의 아르바이트를 시작했고, 그날 밤도 늦게까지 아르바이트를 했다. 차비를 아끼려고 추적추적 내리는 얕은 비를 맞으며 걸어서 집으로 돌아가던 중이었다. 돌길은 시럽으로 코팅된 것처럼 촉촉했다. 터벅거리는 무거운 내 발걸음 소리가 유난히 크게 들렸다.

그날의 아르바이트는 조금 특이했다. 미술관과 명소에서 프랑스의 역사적 배경과 미술 작품들을 설명하는 투어 가

나의 특별한 빛은 무엇일까?

이드 일이었다. 나와 나이가 비슷한 또래의 일본인 여자를 안내하게 되었다. 예정된 가이드가 부재중이었고, 마침 호주에서 졸업 선택 과목으로 일본어도 배운 적이 있어서, 내가 그 가이드를 대신하게 되었다.

내가 마음에 들었던지, 가이드 일은 하루 이틀로 끝나지 않았다. 그 이후로도 며칠간 여러 곳을 안내하며, 그녀와 함께 시간을 보내게 되었다. 내 또래의 작고 귀여운 일본인이었던 그녀는 나에게 자신을 미나미라고 소개했다. 외국에서 만난 또래인 우리는 마음이 통하여 금방 친해지게 되었다.

나는 몇 날 며칠을 프랑스 도시의 구석구석을 설명하고 탐방했다. 어느 날 저녁, 마지막 코스로 센강에서 배를 탔다. 매번 그 강을 끼고 걸어 다니던 나에게도 그날은 조금 새로웠다. 강을 지나쳐 다니기만 했지, 직접 배를 타본 적은 없었기 때문이다.

잔잔한 물결 위로 배가 천천히 지나갔다. 고풍스러운 프랑스 건축양식은 웅장했고, 그 아래에 놓인 다리들은 조화로웠다. 우리는 그 모습을 구경하며 다리를 지나갔다. 쏟아지는 빛이 화려해서 올려다보니 정각마다 반짝이는 에펠탑이 보였다. 치열하게 살던 나는 그날 생전 처음 보는 시선으로 도시를 바라봤다.

도시의 새로운 풍경이 조금 시들해질 때, 배 위에 나란히 앉은 미나미와 나는 자연스럽게 이야기를 나누었다. 특히 그녀는 나의 현지 유학 생활에 대해 이것저것 물어봤다. 우리는 진솔한 대화를 했다.

"나는 이런 도시에서 공부하며 생활하는 네가 그저 부럽다고만 생각했는데, 이렇게 너의 이야기를 듣고 나니 막상 외국에서 혼자 공부하고 일하며 산다는 건 정말 다른 것 같아."

나의 특별한 빛은 무엇일까?

그녀는 자기가 바라보는 도시와 내가 바라보는 도시가 얼마나 다른지 깨닫고 놀라워했다. 무엇보다 "에펠탑? 뭐, 그냥 건축물이지…"라고 말하는 나를 보고 그녀는 크게 웃음을 터뜨렸다.

"나처럼 여행 온 사람을 일로 바라보는 네 입장에서는 충분히 우울할 수 있을 것 같아."

그녀는 내 이야기를 듣고 내심 안타까워했다. 내가 조금씩 느끼던 상대적 박탈감이나 나와 다른 환경의 사람들을 보며 느끼는 괴리감을 공감해 주었다.

"그런데 네가 부러워하는 사람들처럼, 누군가에게는 오늘 너의 삶이 부러울 수도 있어."

나는 잠시 눈을 깜빡거렸다. 누군가를 보고 내가 부럽다고 생각할 수는 있어도 그 당시의 나를 타인이 부러워할 거란 생각은 해본 적이 없기 때문이다.

"어쨌든 유럽에서 공부하며 지낼 수 있다는 것만으로도

누군가에게는 부러움의 대상이 될 수 있거든. 이 순간 어떤 것도 달라질 수 없다면, 그냥 잠시라도 함께 즐겨보면 안 돼? 어떤 환경에서도 즐거운 순간들을 찾아보면 분명히 그 순간만이 지닌 행복이 존재하잖아. 뻔한 말처럼 들릴 수 있다는 건 알지만…. 아깝지 않아? 너의 지금, 오늘 이 순간이 말이야."

파리의 밤, 너울거리는 유럽의 불빛, 물기가 섞인 공기와 산뜻하게 불어오는 바람. 그날의 온도, 그날의 습도, 그리고 나를 바라보는 친구의 눈동자와 그 목소리까지, 나는 그 순간이 너무 생경했다.

그러자 그 순간, 마치 내가 영화나 드라마 속 주인공이 된 것만 같았다. 그건 나의 현실이었기에, 미나미의 말은 그 어떤 대사보다 내게 강력했고, 내가 마주한 그 광경이 어떤 장면보다 내게 낭만적인 순간처럼 느껴졌다.

나의 특별한 빛은 무엇일까?

미나미는 어떤 단어로도 표현할 수 없는 순수한 진심의 눈빛이었다. 그녀는 자기가 진심이라는 이야기를 내게 한 적이 없지만, 나는 그녀의 마음을 알 수 있었고 그런 강한 확신이 들었다.

"너도 이 순간들을 있는 그대로 즐기려고 노력해보면 어떨까? 이 모든 게 너의 삶에서 너만 가질 수 있는 것들이잖아. 앞으로 어떻게 사용될지 모르지만, 나에게는 너의 이 시간이 너무 특별한 것처럼 보이거든."

그녀의 말이 나의 텅 비었던 가슴 한쪽을 채우는 것 같았다. 나는 큰 충격을 느꼈다.

나는 대화를 줄이고 강으로 시선을 옮겼다. 문득 지겹게 보았던 센강의 작은 물결에서 호주의 바다를 떠올렸다. 작은 물결들을 가만히 보고 있으니 작은 파도들 같았다. 나는 호주의 바다에서 처음 서핑을 배웠다.

서핑은 파도를 무서워하거나 피하면 안 된다. 내 앞으로 다가오는 크고 작은 파도를 마주한 채 몸을 잠시 웅크렸다가 과감하게 올라타야 한다. 아무리 거칠고 큰 파도라도 항상 그렇다. 예외는 없다.

처음에는 너무 어렵다. 크든 작든 파도 위에서 균형을 잡고 일어서려면 힘을 빼면서도 민첩해야 하는데, 처음 느끼는 파도는 생각보다 크고 무섭다. 긴장과 함께 온몸에 가득 힘을 주면 줄수록 더 세게 넘어져서 가라앉고, 물을 먹는다.

그러나 스스로 몸에 힘을 빼기 시작할 때부터 달라진다. 완전히 힘을 빼면, 비로소 그 파도에 올라탈 수 있다. 그때 보는 파도의 모습은 기가 막힌다. 매번 휩쓸리고 넘어졌을 때는 볼 수 없었던, 생전 처음 보는 웅장한 광경이 펼쳐진다.

파도가 동굴이 되고, 거대한 파도의 결을 처음으로 볼 수 있게 된다. 힘을 빼면 서프보드가 파도를 타고 그 흐름대로 나를 데려간다. 파도가 내가 되고, 내가 파도가 되는 경험이다. 그때부터는 서핑을 그대로 즐기면 된다. 무척 재밌고, 어떤 경험과도 바꿀 수 없는 희열이다.

나의 오늘이 어제의 누군가에게는 살고 싶던 소중한 하루라고 했던가. 내 하루에 불만이 쌓일수록 나는 살아가는 게 더 힘들었다. 그럴수록 밀려오는 작은 파도에도 넘어지고 가라앉아 물을 먹었다.

나는 내 일상 속 흐름에 전혀 몸을 맡기지 못했다. 현재 상황과 환경을 즐겁지 않다고 생각했기 때문이다. 그렇지만 거친 파도 아래 물속이 잠잠한 것처럼, 힘들게 살아가는 하루에도 소중한 시간은 존재했다.

내게는 여전히 배 위에서 본 프랑스의 풍경이 아름답게만 보이진 않았다. 이 풍경 안에서 나는 하루하루 힘들고 고된 삶을 살아가고 있었으니까. 하지만 그날 내가 보았던 프랑스의 풍경은 감사함으로 다가왔다. 나는 가장 본질적이고 중요한 마음가짐과 태도를 잊고 산 것이다.

　미나미가 프랑스를 떠난 후 나는 감사를 찾아 매 순간 노력했다. 매일매일 작은 순간 속에서 나는 힘을 조금 빼기 위해 노력했다. 즐거운 순간을 온전히 느끼기 위해서였다. 매일 밤, 잠들기 전에는 나에게 질문을 건넸다.
　오늘 하루 즐거웠는지, 그리고 감사했는지….
　매일 긍정적인 무언가를 찾아내기 위해 나는 이 마음을 꼬박꼬박 성실하게 지켜나갔다. 의식적으로 이런 일을 해나갔던 건, 이미 나는 부정적인 감정에 많은 부분이 삼켜져 생각보다 힘을 빼는 것이 어려웠기 때문이다.

　한 달, 두 달, 그리고 석 달이 지나갔다.
　미나미에게 연락이 왔다. 안부를 묻는 그녀의 목소리는

나의 특별한 빛은 무엇일까?

반가웠고, 우리는 도란도란 서로의 일상에 관해 이야기를 나눴다.

"그런데 요즘 뭐 특별히 좋은 일, 잘 돼 가는 일 있어?"

그녀는 흐뭇한 목소리로 내게 말했다.

"뭔가 전에 이야기했을 때보다 훨씬 긍정적이고 에너지가 많아진 것 같은데? 음, 삶에 꽤 만족스러운 사람 같아. 먹구름 끼듯 우울했던 사람 맞아?"

그 당시 나는 시험 기간이라서 체력 저하와 컨디션 난조로 힘들었다. 사실 현실적인 환경은 미나미를 처음 만났을 때보다 더 힘들었는데, 나는 그런 이야기를 하는 그녀가 아이러니했다.

수화기 너머로 뭐라 대답하지 못하고, 곰곰이 생각에 잠겼다.

좋아 보인다고 말해주는 그녀의 칭찬은 내게 따뜻하게 스며들었다. 나의 일상이 그녀를 처음 만났던 날과는 달라졌다는 걸 알았기 때문이다.

　매일 아침, 하루를 전과 다르게 시작할 수 있었던 것은 환경이 아닌 내가 매일의 순간, 현재에 집중하며 자신에 대한 태도를 변화시키고자 한 선택이었다.
　바쁜 아침과 피곤한 저녁 찰나의 순간에도 감사를 찾아 노력했던 선택들, 오늘 주어진 하루를 '소중한 하루'로 생각해보고 기뻐하기로 했던 선택들, 그리고 스스로 행복한 사람이 되기로 내 마음가짐을 가졌던 선택들.
　그 작은 태도의 선택들이 모여 지금의 변화를 만들었다. 눈에는 보이지 않은 작은 다짐과 선택들이 삶의 변화를 일으켰다.

　여전히 나는 생계형으로 돈을 벌며 공부해야 하는 유럽의 피곤한 유학생이지만 마음이 변하자 표정이 변했고, 내의 태도가 변하자 주변 사람들의 태도도 함께 바뀌었다. 그러

나의 특별한 빛은 무엇일까?

자 잎이 돋아나는 나무에 새가 찾아오듯 새롭고 좋은 인연들이 찾아오기도 했다.

나를 우울함에 잠식되도록 내버려두고, 주어진 환경을 탓하며 스스로 더욱 힘들어지는 선택은 이제 그만하기로 했다. 주어진 환경을 있는 그대로 수용하고, 거기서부터 감사하는 태도를 선택한 후부터 내 삶에 조금씩 긴장된 힘이 빠졌다.

바꿀 수 없는 환경에서 내릴 수 있는 선택은 보통 두 가지로 나뉠 수 있다. 우울과 불만에 잠식되거나, 수용하고 감사함을 찾아내는 것, 그리고 있는 힘껏 버텨내거나, 긴장을 풀고 흐름에 맡기며 나아가 보는 것이다.

태도에 대한 선택 앞에서 힘을 빼기 위해 했던 노력은 나를 배신하지 않았다. 미나미와의 전화를 끊고 나서 더욱 그런 확신이 들었다. 그녀의 전화를 받을 수 있어서 즐거웠고, 덕분에 기쁜 마음으로 시험공부를 할 수 있어서 감사했다.

나는 여전히 생쥐 친구들을 만났다. 그러나 이제는 그 존재들도 그러려니 하고 수용했다. '그래, 내가 너희를 보지 않으려면 오늘을 열심히 살아야지.'라는 생각도 하게 되었다. 끔찍했던 존재들은 어느덧 나를 열심히 살게 해주는 계기와 원동력이 되었다.

오늘은 오늘의 작은 물결들이 흘러간다. 나는 일하러 가기 위해 여전히 센강 옆을 지나쳤다. 화려한 거리, 내 가방 속 잿빛 책들과 볼품없는 지갑을 도둑맞지 않도록 경계해야 했다. 오늘도 나는 가장 먼저 집을 나서고, 가장 늦게 들어갔다. 저녁 끼니를 빵 하나로 간단히 버티기도 했다. 그런데도 잠들기 전 스스로 질문을 건넸다.

나의 특별한 빛은 무엇일까?

오늘 하루 충분히 행복했는지, 충분히 감사했는지, 오늘 하루도 소중했는지…. 그리고 오늘 하루, 이 순간 놓치고 있는 소중한 것들은 없는지….

당신은 오늘 어떤 사랑을
하고 있는가?

내가 여러 나라에 거주했던 경험을 들은 사람들은 흔히 다음과 같은 추측을 하곤 했다.

"어머, 복도 많다. 집이 부자인가 봐!"

"아버지가 주재원이나 외교관이세요? 그래서 여러 해외로 연결되는 기회가 많으셨나 봐요!"

"와, 유럽에서 살면서 공부한다니 유학 생활이 너무 좋았겠어요! 부러워요."

내가 부유한 집안 배경 덕분에 평탄한 유학 생활을 하며 그저 행복하고 쉽게 살아온 것처럼 보인다니, 타인에게 보이는 내 모습이 실제 내 현실과 얼마나 다른지 체감하곤 한다. 그래도 이 책을 읽고 있는 누군가도 이제 알 수 있듯, 나를 보며 추측했던 이상적인 환경은 하나도 없었다.

나를 향한 옅은 호감이나 부러움이 섞인 질문들은 오히려 나의 현실과 매우 달라서 아물지 않은 상처를 콕콕 찌르며 아픔을 확인해 보는 것만 같았다. 그 시절, 잊고 싶을 정도로 아픈 기억이 많았다.

아버지는 내가 냉정한 사회의 시선에서 살아가려면, 혹시 이후에 딸이 돌아와서 살아가야 한다면, 학업 중인 딸을 모든 힘을 다해 서포트하겠다는 강한 다짐이 있었다. 아버지는 내가 어떻게든 해외에서 공부를 마치기를 바랐다.

그래서 오랜 직장 생활 이후의 은퇴에도 휴식은커녕 노년에 난데없이 생전 처음 해보는 고깃집을 차리시고, 고된 식당 일도 서슴지 않으셨다.

나는 분명 축복받은 사람이라고 생각한다. 부모님의 희생과 헌신에 감사하고, 어떤 이유와 과정에서건 유학할 수 있게 된 것 자체에 감사한다.

하지만 그 축복이라는 무게는 무거웠다. 축복이었고, 정말 좋았지만, 그냥 그것이 때로는 무겁게 느껴졌다. 그것을 누리는 것 자체가 사치스러운 이기심이 아닐까 하는 자책을 버릴 수 없었다. 그래서 나는 항상 과분하고 송구한 마음이었다. 그런 부담감은 나를 불안에 가둬서 한순간의 행복을 온전히 누리고 즐기는 걸 허락하지 않았다. 그 때문인지나는 유학 생활에서 과민대장증후군에 시달리며, 자주 아팠다.

부모님의 건강도 항상 걱정되었다. 계속 안 좋았던 어깨와 무릎 수술 이후에도 강한 노동 강도로 장시간 일을 하다

나의 특별한 빛은 무엇일까?

보니 여기저기 몸이 고장 나기 일쑤였다. 그런 모습을 지켜볼 수만은 없었던 나는 화장실 청소부터 수제버거 제조, 관광지 설명 가이드, 공관서 문서 작성 통역, 학교 학부모 대리 면담 등 종류를 가리지 않고 온갖 아르바이트와 함께 학업을 병행했다.

주변 친구들은 방학이 되면 유럽 여행을 떠났지만, 나는 그들과 합류할 수 없었다. 그 시기만 되면 나는 이리 뛰고 저리 뛰며 일을 해야 했다. 부유한 예술 계열 유학생 친구들은 왜 함께 놀러 가지 않는지 물었고, 나는 당당하게 그럴 형편이 안 돼서라고 대답했다.

그래도 돌이켜보면, 감사하게도 이 시기 우리 가족 세 사람은 씩씩하게 살았다. 서로를 격려하고, 걱정하며, 응원했다. 잿빛처럼 보이는 미래에 밝은색을 더하려 차근차근 노력을 쌓아갔다.

프랑스에서 오랜 겨울의 끝자락을 맞이하던 때였다. 봄을 알리듯 창밖은 푸르렀다. 오래되어 낡고 삭은 나무 틀로 만들어진 창문과 그 창문 사이를 비집고 말없이 가지를 뻗어 잎을 틔운 커다란 나무는 마치 희망을 이야기하는 듯했다. 그리고 새들은 무성한 잎으로 가득 찬 그 나무 위에 앉아 지저귀고 있었다.

토요일 아침, 언제 잠들었는지 모르게 쓰러지듯 침대에 누워 유일하게 허용된 꿀 같은 늦잠을 자고 있었다. 그날따라 유난히 크게 휴대전화 벨 소리가 울렸다.

나는 잠이 아직 깨지 않은 몽롱한 머리를 부여잡았다. 겨우 가늘게 실눈을 뜬 채 힘겹게 몸을 일으켜 느릿느릿 전화를 받았다.

아버지였다. 지현아, 부르는 목소리에서부터 직감적으로 무언가를 느꼈다. 평소보다 목소리가 고요하고 낮았기 때문

나의 특별한 빛은 무엇일까?

이다. 왠지 예감이 안 좋았다. 그런 예감은 적중한다.

"지현아, 음… 아무래도… 돌아와야 할 것 같아…. 우리가 학비를… 보내 줄 수… 아니, 아니야. 그런 건 아니고 공부는 꼭 마칠 수 있도록 해줄 건데, 그러니까 다시 보내 주겠지만 생각보다… 시간이 걸릴 것 같아. 잠시 휴학… 해보면… 어떨까?"

말은 이어질수록 이해하기 어려웠다. 아버지는 잠시 숨을 고르더니, 결심한 듯 토해냈다.

"아빠가 너무… 미안해…. 사실, 아빠 때문이야…. 미안해…."

아버지는 한참을 목이 메어 말을 이어 가지 못했다.

그때, 처음 들었던 아버지의 미안하다는 말엔 여태껏 부모님께서 해온 노력까지 모두 초라하게 만들어 버리는 것만 같아서 화가 났다.

도대체 미안할 게 뭔지, 뭐가 그렇게 미안하다는 건지, 영문도 모르고 들었던 말이지만 나는 아버지가 어떤 선택을 하는 사람인지 알았다. 그 어떤 이유라도 아버지에 대한 나의 믿음은 변하지 않을 것이었다. 그 당시에도 많은 기억을 돌이켜보았지만, 언제나 미안한 건 나였다.

감정에 차오른 아버지의 목소리를 비집고 들어갈 틈을 찾지 못해 침묵했다.

두렵고 겁나지는 않았다. 그저 아직 아무것도 지켜낼 수 없는 내가 속상했을 뿐이다. 우리 둘의 대화가 못내 답답한지 엄마가 전화기를 가로채 넘겨받았다. 엄마는 우리보다 강인하고 대범한 면모가 있어서 마치 별일 아닌 듯, 덤덤하고 무심하게 나머지 말을 이어 나갔다.

"사실, 우리가 몸이 너무 힘들고, 이렇게는 유지가 어려울 것 같아서 식당 일을 그만하려고 해. 한 달에 어느 정도의 수익이 나온다는 부동산의 말만 믿고 식당과 지금 사는 집 모두 끌어다 추가 대출까지 받아서 투자했어. 그런데 그게

나의 특별한 빛은 무엇일까?

사기였어. 우린 이제 아무것도 없어. 지금 집도 경매로 넘어가서 당장 이사 가야 한대."

나는 무슨 말인지, 대체 무슨 상황인지 바로 알아들을 수 없었고, 아무 대답도 하지 못했다. 무슨 말이라도 해야 할 것 같았고, 무슨 생각이라도 해내야 할 것 같았지만, 머릿속이 하얘졌다.

"괜찮아. 무슨 말인지 일단 알겠어."

그렇게 겨우겨우 짧게 대답하고 전화를 끊었다.

'열심히 공을 들여 탑을 쌓아왔다고 생각했지만, 결국 한국으로 돌아가야 하는구나.'

이런 생각은 곧 덤덤하게 결론에 도달했다. 나는 짐을 꾸리기 시작했다. 짐을 싸는 것이 이젠 능숙했다.

철제 침대 하나, 세월의 흔적을 간직한 엔틱한 장롱 하나, 낡고 닳아 없어져 모서리마다 둥글둥글해진 책상 하나. 나는 우두커니 서서 방을 둘러보았다.

유난히도 지칠 때 투덜거리며 돌아오던 날, 시험 점수가 좋을 때 실실 웃으며 돌아오던 날, 한국 음식을 먹고 싶지만, 냄새가 날까 봐 꾹 참고 참다가 방에서 몰래 떡볶이를 해 먹고 좋다며 웃던 날.

지난 모든 날이 필름처럼 머릿속을 스쳐 지나가자 갑자기 꿋꿋했던 마음은 간데없고, 힘이 풀린 채 주저앉았다. 공들인 노력이 무너져버린 것 같고, 작은 희망마저 사라져버린 것 같았기 때문이다.

그렇지만 좋은 추억도, 슬픈 기억도 모두 이곳에 두고 가야 했다. 그래야만 돌아갈 수 있을 것 같았다.

찍, 찍, 찌익.

박스테이프를 최대한 길게 늘어뜨려 튼튼한 박스를 만들고 그 안에 정돈되지 않은 짐들을 구겨 넣었다. 한국에 도착

나의 특별한 빛은 무엇일까?

하자마자 나는 부모님과 또다시 이사를 준비해야 했다. 내 삶의 절반은 짐을 싸고, 옮기는 거라 해도 과언이 아니었는데, 이날은 유독 짐을 싸는 것이 괴롭고 힘들었다.

함께 짐을 싸던 이삿짐센터 직원은 아무런 감정도 실리지 않은 무뚝뚝하고 딱딱한 어조로 말했다.

"버리실 거 있으면, 미리 말씀하세요."

포장이사라고 하면, 보통 많은 짐을 싸기 위해 애를 써야할 텐데, 우리가 이사 갈 곳의 모습을 이미 보아서일까, 아니면 정말 이런 것도 갖고 갈지 의구심이 들어서일까? 직원은 타성에 젖은 표정으로 그런 질문을 했다.

"버릴 거요? 버릴 수만 있으면 모든 걸 다 버리고 새로 사고 싶어요."

꽁꽁 싸두어 몰랐던 내 자조적인 감정이 무심결에 툭 튀어나왔다. 나는 그 말을 내뱉고 낯선 나의 말투에 새삼 놀랐다.

나에게, 그리고 또 부모님에게 한국에 돌아온 후에도 수 없이 괜찮다고 말했고, 정말 아무렇지 않은 듯했다. 어려운 현실을 탓하고 부정해봤자 달라지지 않는다는 걸 이미 알고 있기에 앞으로 나아가기 위해 긍정적으로 생각하고자 했다.

　하지만 막상 우리가 이사할 집에 다녀온 다음부터는 그 마음을 지키기가 어려웠다. 그리고 이사 당일, 빠지는 짐들을 보고 있으니 간신히 움켜잡고 있던 의지마저 다 빠져나가는 것 같았다.

　현실이 얼마나 냉혹한지 그때 느꼈다. 끝이 보이지 않는 바닥까지 처절하고 비참하게 빨려 내려가는 듯했다. 그건 나의 마음이나 의지로 멈출 수 있는 것이 아니었다. 거기서 경험하는 좌절감과 패배감 그리고 수치심은 나를 더욱더 초라하게 만들었다.

　'차라리 꿈이기를, 부디 이게 제발 깰 수 있는 꿈이라면

나의 특별한 빛은 무엇일까?

좋겠다.'

허무맹랑한 드라마나 영화이기를 바랐다. 허무하더라도 이 모든 것이 사실이 아니기를 바랐다. 괜찮다는 말로 많이도 숨겼지만, 결국 내 솔직한 본심은 그랬다.

한국에 돌아와 마주했던 가정 형편은 내가 예상했던 것보다 훨씬 더 심각했다. 사기를 당해 전 재산을 잃고, 빚까지 지게 된 우리는 상상 그 이상이었다. 덩달아 나의 마음도 각오했던 것보다 훨씬 더 고통스러웠고, 절망스러웠다.

'일어날 수 있을까, 과연 우리 집이 다시 경제적으로 회복될 수 있을까? 다시 환하게 웃는 날이 올까?'

커다란 돌덩이 같은 시름과 미래에 대한 염려는 그 어느 때보다 강력해서 나뿐만 아니라 그동안 훨씬 큰 사람이라고 느꼈던 부모님마저도 나와 비슷한 생각을 하는 것 같았다. 모든 힘을 다해 전력 질주해 온 인생의 전부가 허무해져

버렸고, 남은 희망조차 모조리 갉아 먹힌 것 같았다.

　가족들의 표정에는 그 어느 때보다 어두운 그늘이 드리웠다. 그 많던 짐을 억지로 줄이고 줄였는데도, 30평대 집에서 5평 남짓한 방 하나짜리 반지하에 이삿짐 트럭들이 도착했으니 난감한 건 우리만이 아니었을 터.

　이삿짐센터 직원은 이런 고객의 서러운 마음은 뒤로한 채 시계를 쳐다보며, 다소 격양되고 화가 난 말투로 말했다.
　"이거, 원···. 이게 다 어디로 들어갈지 모르니 일단 안에 다 들여놓기만 할게요. 몇 번째 집인지 알려주세요."
　몇 번째 집인지 이야기해야 하는 그곳은 집 호수가 적혀 있지 않았다. 일렬로 줄이라도 서 있듯 다닥다닥 붙어있는 고시원 같은 구조의 다가구 주택 반지하였다.

　그렇게 시작된 생활은 경험해보기 전에는 절대 알 수 없는 열악한 환경이었다. 비가 오면 반지하 계단 입구에 물이 차올라 집 안에 흘러 들어오기 전에 빗물을 퍼내야만 했다.

버릴 수 없어 겨우 들여놓은 세탁기는 비좁은 화장실 안에 내 한 몸 서 있을 공간도 없게 만들었다.

가족들이 어쩔 수 없이 세탁기 옆에 꼭 붙어서 샤워를 한 탓에 흰색 코팅의 한쪽 면이 한두 달 만에 붉게 녹슬기 시작했다.

또 약이란 약을 다 뿌려도, 어디서 그렇게 많은 개체 수가 나타나는지 바퀴벌레들이 새끼 바퀴벌레까지 데리고서 자는 나의 몸을 타고 기어 올라왔다.

그 환경은 나를 자주 울게 했고, 자주 슬프게 했다.

집안에 들이닥친 이번 위기는 꽤 끈질겼다. 도무지 끝이 보이지 않는 긴 터널에 들어온 것 같았다.

암흑의 시간 속을 걷는 듯한 그해 겨울은 유난히 추웠고, 움츠러든 나무들처럼 우리 가족도 고개를 푹 숙이고 바닥을 보며 걸어 다녔다.

늦은 밤, 모두가 잠이 든 시간, 아버지는 새벽 영업을 하는 포장마차 주방으로 출근했다. 갓 성인이 된 나는 일용직 근로자로 출근하는 아버지의 뒷모습을 보며 가슴이 미어진다는 것이 무엇인지 배웠다.

인생 최대의 고비 같은 때, 공교롭게도 엄마는 갱년기가 찾아오는 시기였다. 가족들의 애정이 필요한 시기였지만 아버지도, 나도 엄마를 바라볼 여유가 없었다.

엄마는 극심한 우울함에 빠져 온종일 잠을 자거나, 눈을 뜨고 있는 시간에는 매일 눈물로 신에게 기도하는 게 하루의 전부였다.

돌이켜보면 그건 엄마가 할 수 있는 최선이었지만, 그 모습이 마음에 들지 않던 나는 가끔 언성을 높이며 싸웠다.

나의 특별한 빛은 무엇일까?

부디 이 시간이 지나갈 수 있길 기도하는 것이 유일하게 엄마가 할 수 있는 일이라는 것을 머리로는 알고 있었지만, 지치고 힘든 상황에 예민함이 감정을 뾰족하고 공격적으로 만들었다.

나의 감정과 생각이 화살처럼 상대를 향하기도 했고, 너무 분통한 날이면 온 사방에 화살이 뻗치듯 생각이 꼬리에 꼬리를 물었다.

우리 가족이 겪는 극심한 고통만큼 돈으로 바꿀 수 있다면, 금방 빚을 갚을 텐데. 집 안에 기어다니는 바퀴벌레들 하나하나가 500원짜리 동전만 되어도 하루 밥값을 걱정하지 않아도 될 텐데.

숨을 조금 돌릴 수 있는 시간이 생기면 그 틈을 비집고 부정적이고 원망 섞인 생각들이 떠올랐다. 어느덧 나는 울지 않게 되었지만, 나오지 않는 눈물만큼 내 안의 빛도 점차 희미해지고 사라질 듯 깜빡거렸다.

나는 묵묵히 눈앞에 주어진 일들을 해내는 것에 집중하기로 했다. 할 수 없는 일들은 그저 흘려보냈다. 그러나 여태 지켜 왔던 내 안에 있던 어떤 빛도 같이 흘려보내는 것 같았다. 마치, 그동안 내가 어떤 사람이 되겠다고 노력한 그 시간이 무색하게 내가 달라지는 느낌이었다.

변해가는 나를 느꼈을 때, 그 변화를 방관하거나 방치한 건 아니었다. 나름대로 최선을 다했다. 하지만 체력이 깎여 나가듯 마음도 같이 깎여 나갔다. 유난히도 추웠던 겨울이 다가올 때 나는 내 안에 갇히기 시작했다.

조금도 나아지지 않는 상황에 우리는 무력해졌다. 우리가 도무지 해결할 수 없는 상황에서는 말 그대로 아무것도 할 수 없었다. 숨을 쉬고, 살아있는데 왠지 나는 점차 죽어가는 것 같았다.

삶이란 원래 이런 것인가? 겁이 났다.

나의 특별한 빛은 무엇일까?

어쩌면 모두가 이렇게 무거운 짐을 짊어지고 살아가는 게 당연한 걸까?

책임이라는 것은 어쨌든 모두가 각자의 명목 아래 짊어지게 되는 거니까.

나는 그저 조금 더 빨리 짊어지게 된 것뿐일까?

그런데 삶이란, 책임이란, 원래 이렇게 무거운 걸까? 남들도 이렇게 무겁게 살아가는 걸까?

나는 자꾸 지쳐만 가는데 어떻게 다른 사람들은 지치지 않고 잘 살아가는 것 같을까?

나는 언제까지 버틸 수 있을까?

이런 부정적인 생각은 아무런 도움이 되지 않는다는 것을 알면서도, 자꾸만 부정적인 상상이 머릿속을 비집고 들어왔다.

눈을 감았다 떴다. 잠을 잔 것 같지 않은 하루가 다시 시작되고 있었다. 두꺼운 커튼에도 아랑곳하지 않고 햇살은 잘

게 부서져 내려왔다.

　피곤했다. 전에는 그렇게 원했던 휴식이었지만, 잠을 자도 나는 전혀 쉰 것 같지 않았다. 그렇게 석 달이라는 시간이 어떻게 흐르는지도 모르게 지나갔다. 어느 날, 나는 아침인지 밤인지도 모르는 시간에 자다 일어나 뿌옇게 흐린 눈을 비비며 습관처럼 텔레비전을 틀었다.

　노숙인들을 찾아다니며 음식과 필요한 물건들을 나누어 주는 봉사자 한 분이 화면에 나왔다. 자세히 보니 그분은 다리에 장애가 있는 몸으로 무거운 짐이 가득 실린 카트를 끌고 서울역 근처 다리 밑에 숨겨진 노숙인들의 텐트촌을 돌며 봉사하고 있었다.

　이어진 인터뷰에서 그는 자기도 노숙인이었지만, 삶의 자리를 찾기까지 도와준 이들이 있었다고 이야기했다.

　"죽을힘을 다하고 모든 노력을 다해 살아 내다 보니 저도 누군가 도울 수 있는 자리까지 오더군요."

나의 특별한 빛은 무엇일까?

텔레비전 속 봉사자는 수줍게 웃고 있었다.

"노숙인이 되기 전엔 부족한 거 없이 살았어요. 노숙자가 되고 나서야 그렇지 않은 삶도 있다는 걸 알았지요. 덕분에 그동안은 절대 알 수 없었던 어려운 사람들의 삶에 대하여 이제는 누구보다 관심이 많이 생겼어요."

"노숙인 이전의 삶보다 저는 지금의 삶이 더 좋아요. 남을 돕는 게 얼마나 큰 기쁨인지 알게 되었고, 이제야 진정한 삶을 사는 것처럼 느껴지니까요."

나는 화면이 광고 영상으로 넘어간 뒤에도 아무런 행동도 할 수 없었다. 텔레비전 속 이야기는 그 당시 내 시선에서 처음 들어보는 이야기였다. 나는 멍하니 멈춰버렸다. 그건 슬퍼서도, 비참해서도, 우울해서도 아니었다.

'내가 요즘 뭐 하고 있는 거지? 내가 무슨 생각을 해 왔던 걸까?'

나는 내 삶의 모든 게 끝난 줄 알았다. 아무리 좋게 생각해 봐도 현실은 그렇지 못했고, 아무리 좋은 상상력으로도 이 삶이 나아질 수 있다고 생각할 수 없었다.

　그렇지만 텔레비전 속 노숙자였던 그의 경험이 내게 삶은 마치 그렇지 않다고 말하는 것 같았다. 어쩌면 단순한 이치였지만, 막상 위기에 처한 나에게 그 누구도 말해주지 않았다.

　넘을 수 없을 것 같은 어려움이 고되고 괴로웠던 것은 사실 그 어려움 자체가 아니었다. 나에겐 이 상황이 나아질 수 있다는 희망이 없었다. 그 누구도 나에게 가벼운 마음으로 "희망을 품어라, 더 나은 미래가 올 것이라고 믿어라."라고 말할 수 없었을 것이고, 혹시 그 말을 해주는 사람이 있었다고 해도 내가 그 말을 들으려고 하지 않았을 것이다.

　그렇지만 나는 희망이 필요했다. 근거 없는 희망은 듣고 싶지 않았지만 나는 그 희망이 몹시 필요했다는 걸 깨달았다.

나의 특별한 빛은 무엇일까?

그렇게 내가 거의 포기했던 문제를 그 봉사자는 아주 단순하게 이야기해주었다. 그가 사는 새로운 삶을 텔레비전으로 지켜보기만 했을 뿐이지만, 나는 그의 삶을 보며 희망이 생겼다.

장애가 있는 불편한 몸으로, 공감할 수 있는 어려운 환경에 처한 사람들을 돕는 그 봉사자처럼 자신을 비춰보듯 질문했다.

나는 어떤 삶을 살고 있는가?
나는 어떤 삶을 살고 싶은 것인가?
현재에 머물러 있을 것인가, 아니면 내가 앞으로 나아가면서 사랑하는 사람들에게 나의 사랑을 전달할 수 있는 사람으로 살고 싶은가?

한때 어려움을 극복한 사람들의 이야기를 들으면, '그건 그 사람들이 태어날 때부터 대단하고, 나와 다른 타고난 능력이 있는 거지.'라는 생각을 했다.

하지만 아니었다. 어려움을 뚫고 나가는 힘이란 어려운 환경 속에서 단련되고, 길러지는 것이다. 어려움을 극복하며 성장했던 것 그리고 그 안에서 느꼈던 긍정적인 기억들이 합쳐져 성장해 나갈 때 자아가 확립된다.

어려움이 닥칠수록 그리고 그 어려움에서 한 계단씩 오를수록, 그 어떤 외부요인으로도 흔들리지 않는 진정한 자존감과 자신감이 생기게 된다.

어려운 환경을 맞이하고 나는 모든 것이 끝났다고, 그것이 마치 죽은 것과 다름없는 삶이라고 생각했다. 하지만 살아 있는 사람에게는 죽은 사람에게 없는 것이 있다. 바로 살기 위해 안간힘을 쓰는 본능이다.

어떻게 보면 우리의 본능은 살기 위해 부단히 애쓰는 것일지도 모른다. 그 본능이 열망과 만나면 그땐 어떤 어려움도 뚫고 나갈 수 있는 강력한 힘이 된다.

나의 특별한 빛은 무엇일까?

매일매일 하루의 일과 속에서 자신이 사랑하는 것을 찾아내는 연습을 해야 한다. 내가 사랑한 것들이 내 안에 열망이되어 나를 살 수 있게 붙잡아줄 테니까. 한 줄기 희망이 되어 나를 살게 만들 테니까.

여전히 끝났다고 생각하는 그 어떤 순간과 환경에서도 분명 내가 열망하고, 사랑하는 것은 반드시 존재한다.

모든 것이 끝났다고 생각했던 나는 일상에서 내가 사랑하는 요소를 찾기 시작했다. 처음엔 텔레비전 속 어려운 환경에서도 서로를 도우려는 사람들을 선망했고, 그래서 나도그들처럼 되고 싶다는 열망이 싹텄다.

어느 날엔 가족을 위해 하루도 쉬지 않고 일을 나가시는나의 아버지를 보았고, 그래서 그의 행복을 누구보다 열망했다.

또 다른 날엔 누구보다 최선을 다해 신에게 가족의 안위를 기도하는 엄마를 보았고, 그래서 엄마의 그 기도가 현실이 되길 같이 열망했다.

　그래서 나는 다시 살아가고자 선택할 수 있었다.

　그때부터였다. 어려움은 끝이 아닌 시작이 되었다. 사랑은 나의 열망을 싹트게 했다. 나는 더 이상 회피하거나 도망가는 선택을 하지 않았다. 마치 불도저처럼 어려움을 뚫고 나가는 힘이 생긴 것 같았다.

　이 힘은 이후 불가능할 것 같은 많은 자리로 성장하고 나아갈 수 있게 만들었고, 이것이 타인과 다른 나만의 특별하고 고유한 빛이 되었다. 이 빛은 나를 다시 집 밖으로 나갈 수 있도록 이끌어주었다.

　그 이후 한 가지, 내게는 절대적으로 믿는 게 생겼다. 우리의 삶에 일어난 수많은 어려움과 시련은 자신을 위한 것으로 그 사람이 세상에 준비된 자리로 가기 위해 존재하는 것이라는 점이다.

나의 특별한 빛은 무엇일까?

지금 겪고 있는 어려움은 꼭 필요한 과정이다. 나에게 일어난 삶의 고통, 어려움, 고난들은 분명 더 나은 삶, 더 좋은 삶으로 가기 위한 연결 고리이자 축복으로 가는 통로이다.

어쩌면 누군가는 지금 이 문장을 믿을 수 없고, 거부감이 들 수도 있다. 내가 보내고 있는 어려움에 어떤 의미가 있다는 사실마저 부담스러울 수 있다.

하지만 이 과정은 아주 자연스럽고 당연하다. 때론 어려움의 통로를 지나고 나서야 그것이 어떤 의미인지 깨달을 때도 있다.

삶은 나아지는 것이다. 그렇다면 당신의 삶도 나의 삶과 같은 의미를 가질 것이다. 만일, 당신의 삶이 어려움의 통로 안에서 그 의미를 잃어가고 있다면 매일매일 당신이 사랑할 것을 찾아야 한다.

그것이 텔레비전 속 봉사자든, 가족의 모습이든. 나를 위해서 걷는 잠깐의 산책도 좋고, 맛있게 먹었던 한 조각의 케

이크여도 좋다.

아주 작고 하찮은 것도 괜찮다. 끊임없이 나에게 사랑을 물어야 한다. 오늘 나에게 어떤 사랑이 있었는지, 나는 오늘 어떤 사랑을 했는지.

당장 대답할 수 없어도 괜찮다. 당신이 살아 내고자 한다면, 결국 세상은 당신에게도 사랑할 수 있는 무언가를 가져올 것이다. 당신이 열망할 수밖에 없는 것으로!

나의 특별한 빛은 무엇일까?

3
Chapter

별을 찾기 위한 여정

A journey
to find your
own stars

반딧불이 빛을 내기 위해
날아오르듯

변화무쌍한 나의 인생도 계절의 변화처럼 수도 없이 변화를 거듭했다. 다행히도 내 안의 북극성과 같은 고유한 빛은 그런 변화 속에서도 계속 나를 이끌었다.

나는 그 빛이 꺼지지 않도록 나만의 기준과 가치를 갖고 선택하기 위해 끊임없이 노력했다. 덕분에 정신없이 몰아치는 위기에서 넘어질지언정 주저앉지 않았고, 주저앉게 되더라도 또 그런대로 거기서부터 다시 일어나 꿋꿋하게 자리를 지키고, 걸어 나갔다.

별을 찾기 위한 여정

살아남을 방도를 찾아야 하니까.

나는 어떻게든 다시 학업을 마치기 위해서 이전보다 더 많은 장학금을 지원해줄 수 있는 유럽 학교가 있는지 알아보기 시작했다. 나의 더 나은 미래를 위해 내 머릿속은 현실에서 얻을 수 있는 작은 정보들로 끊임없이 계산했다.

단순한 회사원의 월급으로는 몇십 년을 일해야 메꿔질 빚이었기에, 현재의 경제 환경에서는 암울한 미래밖에 그려지지 않았다.

그렇지만 나는 남은 삶을 포기라는 이름 아래 좌절하고, 도망치면서 살고 싶지 않았다.

적어도 죽기 전에 여행도 많이 해보고, 누군가를 만날 때 누가 살지 눈치 보지 않고, 부모님이 지금처럼 고되게 일을 하지 않으려면, 나는 남들보다 훨씬 많은 돈을 벌어야 했다.

그래서 남은 공부를 포기할 수 없었다. 나는 여러 유럽 국가가 장학 프로그램을 지원했다. 영어를 할 수 있으면 지원받을 수 있는 혜택이 훨씬 많았다. 내가 좀 더 많은 언어를 할 수 있다면, 어쩌면 상황을 타개할 수 있는 돌파구가 되어, 취업 경쟁에서 유리할 거로 생각했다.

어느 날 아침, 열린 창문 틈새로 들어오는 공기가 산뜻했다. 그날은 약속이 있는 날이어서 누워만 있을 수 없었다.

나의 가정 사정을 알고 계셨던 유럽 대학교 출신 한국어 교수님이 제안할 것이 있다고, 만나자고 한 날이었다. 그 교수님은 종종 논문을 영어로 번역하는 일 등을 내게 맡겨 주시던 고마운 분이었다. 그날도 내심 괜찮은 일을 맡겨 주시려는 걸까, 하는 생각에 작은 기대를 품고 집을 나섰다.

사무실에 도착하니, 마른 체형의 곱슬머리가 트레이드 마크인 교수님이 보였다. 부드러운 미소와 함께 유난히 반갑

게 나를 맞아 주셨다. 나도 오랜만에 미소를 지으며 인사드
렸다.

너무 뜨겁지 않은 온도의 달콤한 캐러멜시럽이 뿌려진 라
테 두 잔이 놓여 있었다. 교수님은 함박웃음을 지으며 도톰
한 두께의 서류를 건네셨다.

"지현아, 오늘 너를 오라고 한 이유야."

온통 영문으로 된 서류였다. 얼핏 대학 광고처럼 보이는
사진들이 보였다.

"네가 어떻게, 어떤 마음으로 살아왔는지, 또 살아 내고
있는지 알아. 힘들 텐데 누구보다 열심히, 긍정적으로 노력
하고 있는 모습이 참 기특해."

갑작스러운 이야기에 나는 잠시 당황했고 부끄러웠다. 교
수님은 내 안색을 살피다 다시 이야기를 이어 나갔다.

"소년 소녀 가장은 아니지만, 한순간에 집안의 가장이 되

어 버린 네가 너무 안타까웠어. 너는 꿈을 포기할 수 없는 사람이라는 것도 잘 알고 있었지. 그래서 늘 널 도울 수 있으면 좋겠다고 생각했는데, 이 마음을 아는지 드디어 기적이 찾아온 것 같아, 지현아!"

나는 무슨 영문인지 모르고 어색하게 웃었다. 교수님은 다소 격양된 목소리로 자초지종을 설명해주었다.

내가 받은 서류는 교수님이 아시아권 한국계 고문으로 재직하며 받은 이탈리아 밀라노의 한 패션 전문 대학 제안서였다.

영어로 진행하는 국제 학위 프로그램 코스를 개발하는 과정 중 이탈리아 현지 회사에 영어와 함께 다국적 언어가 가능한 한국인 학생을 추천해달라는 내용이었다.

이 내용의 메일을 받자마자 내 생각이 난 교수님은 미리 추천서를 작성, 필요한 서류들을 준비하고 나를 부른 것이다.

생각지도 못한 제안에 나는 다시 한번 서류를 보았다. 추천서를 넣을 코스는 국제 패션 경영학과 장학 지원 프로그램으로 되어 있었다.

교수님은 답변을 내리기 전 많은 생각을 하는 나를 말없이 기다려 주었다. 패션을 공부하리라고는 생각한 적이 없어서 내가 과연 이 기회를 잘 해낼 수 있을지 고민되었다.

어떤 사람은 대학 전공이 진로에 큰 도움이 안 됐다고 하지만, 어려운 상황에서 공부하는 만큼 내게 온 이 기회가 취업으로까지 잘 연결되길 바랐다.

그 마음으로 취업과 앞으로의 미래까지 그려보니 단순히 내가 좋아하는 것만 고려할 수는 없었다. 단순히 어떤 대학에 가야 할지 고민하던 열아홉 살 입시 때와는 많은 것이 달랐다. 나는 내 적성과 이 과정이 잘 맞을지 고민했다.

어릴 때부터, 옷을 좋아했지만, 좀 더 정확하게 내가 무엇을 좋아했는지 생각해보면, 나는 시각적인 매칭에 관심이 있었다. 패션잡지를 보면서 단순히 옷이 예쁘다는 것이 아니라 시각적으로 그것을 눈으로 관찰하고 기억하는 것을 즐겼다.

프랑스에서 미술관 가이드나 패션 거리 투어 가이드 같은 아르바이트를 위해 패션과 예술 관련 책들을 많이 접해보았던 경험으로 단순한 흥미에 그치지 않고 나의 능력으로 소화할 수 있을 것 같았다.

그 순간 내가 고려하는 적성은 이런 것임을 깨달았다. 분명히 옷을 좋아한다는 현상에서 출발했지만, 내가 흥미를 느꼈던 건 시각을 활용해서 색채와 소재 등을 상상하며 매칭하고 연출하는 것이었다.

결국 패션의 미적 분야와 관련된 비즈니스적 요소를 융합하고 분석하여 발전시키는 일이기에 의류에만 국한된 것이 아니라 시각적인 여러 분야에도 도전해볼 수 있을 듯했다.

"네, 해보고 싶어요. 정말 감사합니다."

이날, 나의 선택은 단순한 선택이었지만 어렸을 적 주체적인 선택으로 쌓아 올린 경험을 바탕으로 내가 무엇을 좋아하고 어디에 소질이 있는지 구체적으로 파악할 수 있는 확신을 주었다. 나는 도전해보고 싶었다. 처음 시도해보는 분야지만, 해낼 수 있다는 자신감이 있었다.

영어와 프랑스어, 이탈리아어까지 자유롭게 할 수 있다면 패션과 관련된 진로를 선택할 때 강점이 될 것 같았다.

교수님의 제안을 듣는 내내 얼떨떨했지만, 선택을 마치자 심장박동수가 빨라졌다. 빨갛게 익은 사과처럼 나의 두 볼은 발그레해졌고, 입가에 웃음이 번졌다.

생소한 언어와 문화의 땅, 이탈리아를 향한 새로운 도전이었다. 아니, 이제는 넘어야 할 도전이 아닌 나에게 찾아온 감사한 기회였다.

나는 당장 잠자는 시간을 제외한 모든 시간을 이탈리아어 공부에 투자했다. 단어를 강조하는 악센트에 유의하며 연신 혀를 꼬부리고 따라 하면서, 다시 밤낮으로 언어 공부에 매진했다.

유럽은 문화적 특성상 모국어 사용에 대한 인식이 강하다. 현지에서 적응하고 살아가려면, 그리고 하루라도 빨리 수입을 위해 취업을 하려면, 현지 언어를 빠르게 익혀야 했다. 그래서 급한 마음에 죽을힘을 다해 공부했다.

언어를 공부해야 하는 순간들은 항상 너무 고통스럽고 괴로웠다. 그 과정은 항상 엄청난 스트레스를 안겨주었기에 다시 언어 공부를 선택한다는 것은 쉬운 일이 아니었다.

지금 돌이켜보면 피하고 싶어도 스스로 이로운 선택을 해내야 하고, 그 과정에서 부딪쳐야 하는 환경이 내게 주어졌던 것은 감사한 일이었다.

모든 사람이 그렇듯 나도 편안하고 익숙한 것에 안주하고 싶었다. 더 솔직하게 말하면, 나는 언어 공부를 시작할 때마다 너무 싫고 힘들었다. 매번 다시는 언어 공부를 하지 않겠다는 생각으로 겨우겨우 임했다.

그렇지만 이런 극적인 환경에 있지 않았더라면 고통을 견디는 인내심과 목표를 향한 끈기를 기를 수 있었을까?

편안하고 익숙한 자리에 안주했다면, 어려운 삶의 도전을 끝까지 해내는 경험이 적었을 것이다. 내가 싫어하는 것을 극복하는 경험이 없었다면 성취하는 경험 자체도 없었을 것이다. 그때는 몰랐지만, 지금의 내가 이 자리에 있기까지 꼭 필요한 훈련이었다.

이탈리아어는 다행히 호주 고등학교 시절, 어렵게 배웠던 스페인어와 영어, 불어와 비슷한 라틴어 계열이어서 조금 수월하게 공부할 수 있었다. 이런 과정들을 보면, 힘든 상황을 극복하고자 내딛는 선택은 미래의 어려움을 더 수월하게 극복할 수 있는 성장의 발판과 요소가 된다.

때때로, 삶에서 스트레스를 받게 되는 상황은 그저 회피하고 싶고, 제거하고 싶은 상황으로만 느껴지기도 한다. 그 상황을 이겨내고자 노력하는 동안은 포기하고 싶을 때도 있지만, 시간이 지나면 의미 없는 노력은 세상에 없다는 걸 깨닫게 된다.

그런 성취가 쌓일 때, 자기 자신에 대한 믿음과 확신은 강해진다. 그다음 더 큰 어려움과 스트레스 상황을 마주해도, 이미 훈련되고 성장한 이들은 그 상황을 높은 자존감과 강한 자기 확신을 통해 견딜 수 있게 된다.

훗날, 사업을 시작할 때 나의 멘토 중 한 분이 이런 말을 해주었다.

"인생에는 누구에게나 공평하게 몇 번의 기회가 온단다. 누군가는 이걸 믿지 않으려고 하지만, 나는 절대적인 사실이라고 믿는다. 누구나 삶의 터닝포인트가 있어. 이전과 완전히 다른 삶의 변화가 찾아오고, 지내 온 환경이 180도 뒤바뀌기 시작하는 지점 말이야. 이 지점에서 삶의 기회라는 걸 아는 사람, 기회라는 걸 알지만 잡을 수 없는 사람, 그리고 그 지점에 도달한 걸 알지도 못한 사람만 있을 뿐이지. 그래서 나는 노력만큼 공평한 게 없다고 생각해. 노력이 배신한다고? 아니야. 그건 세상에서 유일하게 너를 배신하지 않는 거야. 노력은 절대 널 배신하지 않아. 다만, 사람마다 그 노력의 결실을 보는 시기가 다를 뿐이지."

나는 이 말이 참 무섭기도 하고, 위로가 되기도 했다.

정말 기회라는 게 찾아오는 걸까?

그 기회가 온다면, 나는 그 기회를 몇 번이나 잡을 수 있는 사람일까?

나는 그럴 준비가 된 사람일까?

나는 그 준비를 위해 얼마나 절실하게 노력하고 있을까?

세상이 기회를 들고 찾아오면, 모든 사람은 같은 질문을 받는다. 우리는 그 질문 앞에서 절대적으로 공평해진다.

당신의 고유한 빛을 알고 있는지, 당신의 북극성은 무엇인지, 그 빛에 도착하기 위한 여정에서 매 순간 어떤 선택을 해 왔는지.

당신이 어떤 기준을 가지고 결정하는 사람인지, 어떤 마음과 태도를 가진 사람인지.

얼마나 자신을 탐구하고, 집중하며, 성찰하면서 현실의 벽을 넘기 위해 또 얼마나 많은 시도를 했는지.

세상은 가끔 나를 들여다보는 것 같다. 사실 그 질문에 어떻게 답변할 수 있는지는 중요하지 않다. 세상은 이미 내가 어떤 시간을 보냈는지 알고 있다.

우리는 이 질문들의 답을 찾는 과정에 있고, 기회는 그 과정들에 응답하여 찾아온다.

새장 안의 새가
반딧불이를 보았을 때

꺅! 두구두구 두구두구!

…앗? 흠….

파스타의 본고장으로 유명한 이탈리아에서 처음으로 오리지널 봉골레 파스타를 맛보던 날의 내 반응이었다.

하얗고 멀건, 무색에 가까운 올리브 오일 소스에 몇 조각 없지만 군데군데 수줍은 듯 얼굴을 내밀고 있는 조개껍데기, 바다 내음을 그대로 담아내기 위해서인지는 몰라도 내 입맛에는 너무 짜서 깜짝 놀란 소금 간!

별을 찾기 위한 여정

한껏 기대하며 흥분된 모습으로 면을 돌돌 말아 한입 가득 넣었던 나는 실망스러운 표정으로 시무룩해졌다. 양은 또 얼마나 많은지. 이탈리아의 첫날, 양껏 담긴 파스타 그릇을 빤히 바라보던 기억이 있다.

하지만 기대와는 사뭇 달랐던 파스타의 충격보다 더 컸던 건 그곳에서의 경험들이었다. 밀라노는 패션의 성지인 만큼 역사도 깊고, 거리는 웅장했다. 부를 상징하는 명품 패션 거리의 화려함, 세계적인 패션디자인과 패션 학교.

그곳에서 만난 다양한 국적을 가진 친구들의 쟁쟁한 실력과 더불어 신기했던 건 난생처음 보는 수준의 부와 명예를 가진 집안과 출신 배경이었다.

과테말라 문화부 장관 아버지를 둔 친구, 중국 의류 전문 공장으로 유명한 광저우 내 대부분 공장이 엄마 소유라는 친구, 필리핀 10대 부자로 구글 검색에도 나올 만큼 유명하고 부유한 집안의 쌍둥이 남매, 그리고 미국 유명 식품 브랜드 그룹의 총괄 오너 아들까지….

나는 처음 친구들을 만나 대화를 나눌 때, 눈이 휘둥그레져 "와, 그렇구나. 헉! 그렇구나."를 연발했다. 그저 신기했고, 완전히 다른 세상 이야기에 딱히 이어 나갈 말이 없었기 때문이다.

친구들이 가진 화려한 배경보다 더 대단한 것은 패션에 대한 열정이었다. 그들은 대를 이어 집안 사업 물려받기를 권유하는 부모님의 반대를 무릅쓰고 꿈을 향한 자기만의 길을 위해 학교에 오게 된 다양한 에피소드를 이야기해줬다.

친구들의 이야기에서 남달랐던 것은 그들의 재능과 결합하여 패션 경영에 대한 흥미보다 더 큰 의미나 목표였다. 단순히 '자기만을 위한 것'이 아닌, 나라와 출신 문화에 기여

한다는 패기까지 있었다.

나와는 너무 다른 출신과 배경에서 같은 학교에 다니는 친구들이지만 그들의 열정이 담긴 의지가 존경스러웠다.

간혹, 친구들과의 차이에 부러움을 느끼거나 힘들진 않았는지 물어보는 사람들이 있었는데, 나는 그들과 비교하며 나 자신을 구석으로 내몰진 않았다. 말 그대로 그저 스스로 위로도 아래로도 치우치지 않고, 내 자리에서 할 수 있는 최선을 다하고자 했다.

카페에서 커피를 내리고, 썩은 커피콩을 골라내는 아르바이트에서부터 중동 국가에 가는 한국인 관광팀의 영어 통역까지…. 내게는 하루빨리 이탈리아어에 익숙해져서 현지에서 제대로 일할 수 있는 기회를 만들겠다는 목표가 있었다. 당시에는 작지만 쉽지 않은 이 목표가 흔들리지 않는 지표 역할을 했다.

이탈리아 사람들은 우리나라 사람들의 호탕하고 정 많은 성격과 닮은 구석이 많았다. 어떤 사람은 미숙한 이탈리아어로 더듬더듬 몇 번이고 말을 반복적으로 버벅대며 대화를 시도하는 내게 친절하게 먼저 말을 걸며 이탈리아어를 가르쳐주었다.

"Ciao bella!(안녕 예쁜이!)"

과일가게에 예쁜 과일들이 진열된 것을 보고 사진을 찍고 있으면, 잘 익은 과일 하나를 건네주기도 했다.

길을 몰라 투덜거리며 헤매고 있는 나를 발견하고 가던 길을 멈추고 돌아와 내가 찾는 곳까지 친절히 데려다주기도 했다.

전공에 집중하고, 문화와 언어 공부에도 열중하며 지내는 이탈리아에서의 생활은 생각했던 것보다 더 좋았다. 나는 마치, 거리에서 연주하는 바이올린 음악에 맞춰 춤을 추는 할아버지의 모습 같았다. 몸은 무겁지만, 마음만은 경쾌하고 즐거웠다. 덕분에 빠르게 현지 문화와 언어 모두 내 안에 스며들었다. 마치 원래 이탈리아 DNA라도 있는 사람처럼 금방 적응해 나갔다.

대학교 외에도 여러 경로로 다양한 영역의 친구들을 사귀게 되었는데 한번은 우연히 들어간 커다란 공원에서 바보처럼 출구를 찾지 못해 같은 자리에서 뱅글뱅글 돌고 있던 적이 있었다. 그런 나를 도와주던 동갑내기 친구를 알게 되었다. 그 친구는 자신을 엘라라고 소개했다.

먼 타지에서 만난 그녀는 대학 친구와는 또 달랐고, 나는 언니처럼 친근하게 챙겨주는 그녀가 반가웠다.

열심히 고군분투하고 있는 나의 이야기를 종종 듣던 엘라는 어느 날, 나에게 좋은 일이 있다며, 만나자고 했다.

"Ciao! Come stai?(안녕! 어떻게 지내니?)"

그때는 한창 이탈리아 현지 취업 사이트를 들락날락하면

서 초조하게 마우스 클릭을 하던 시기여서 안부를 묻는 그녀에게 잘 지낸다고만 대답했다.

엘라는 그런 내게 자기가 다니고 있는 회사에 나와 잘 맞는 취업 자리가 있다며, 눈을 반짝였다.

"우리 회사 내에서 아시아권 부서를 새로 창설했어. 거기서 가장 먼저 추진하려는 게 아시아권에 대한 개발인데 그 부서 내에서 대학 연계 취업 프로그램을 추진한대. 한번 신청해보는 건 어때?"

나의 사정을 배려해 제안해준 그녀가 정말 고마웠다. 그렇지만 그때 나는 아직 회사에서 일할 만큼 이탈리아어에 능숙하진 않았다. 게다가 현지 취업의 문턱이 아시아인에게는 굉장히 높다는 이야기를 들었던 터였다. 아시아인 취업도 어려운데, 이탈리아어를 완전히 구사하지 못하는 나를 채용할까?

엘라는 좋아하면서도 머뭇거리는 나를 보고 면접관처럼

이탈리아어로 인터뷰도 함께 연습해주고 이력서 작성도 도와주겠다며 격려해주었다. 많은 초조함과 불안감이 있었지만, 그녀의 진심 어린 응원과 적극적인 모습에 생각이 움직였다.

결과가 어떻든, 안 될 것 같은 일도 매번 도전했던 나였다. 여태껏 내 안에 부족한 부분을 신경 쓰기보다 매 순간 주어진 것들에 최선을 다하는 태도가 좋은 결과를 낳는다고 믿었다. 이상적인 결과가 나오지 않아도 그 과정에서 성장하고 발전해 나가는 나의 모습에 더 만족해 왔으니 그런 나를 믿어봐 주기로, 믿어주는 선택을 하기로 했다.

패션 대학의 수업과 취업 준비를 병행하는 게 쉽지 않았지만, 엘라의 도움으로 차근차근 진행되었다. 이 순간도 힘들었지만, 든든한 조력자 덕분인지 그걸 견뎌내는 시간도 빠르게 흘렀다.

'열심히 노력하되 큰 기대를 걸진 말자.'

그렇게 생각하고 시작했지만, 마침내 인터뷰 당일이 되자 긴장할 수밖에 없었다. 유학을 시작했을 때부터 많은 면접과 시험을 접해 왔지만 내게도 예외 없이 취업의 문턱은 넘기 힘든 커다란 벽처럼 느껴졌다.

면접은 긴장한 나의 모습과는 다르게 편안한 분위기에서 진행되었다. 면접 장소는 이탈리아의 동네 카페테리아 같은 곳이었다. 따뜻한 실내에 커피 볶는 냄새가 나고, 넓은 창가에선 햇빛이 찬란하게 들어왔다.

"안녕, 반가워요."

친근하게 인사를 건네며 면접관이 자리에 앉았다. 나는 긴장된 마음을 가라앉히려 애쓰며, 살며시 따라 앉았다. 가장 먼저 눈에 들어왔던 건, 그녀의 패션이었다. 그녀는 빨갛고 뾰족한, 멋스러운 안경을 쓰고, 세련된 디자인의 딱 붙는 보라색 원피스를 입고 있었다. 무척 감각적이었다. 그녀는 내가 지원한 회사의 CEO였다.

본격적으로 면접에 들어가자, 편안한 분위기에 애써 가라 앉혔던 긴장이 다시 고조되었다. 하지만 몇십 번 몇백 번 연습해본 엘라와의 노력 덕분에 자신감이 많이 붙어 이탈리아어로 신나게 나를 소개했다. 다행히 말문이 트이면서 긴장도 점차 사그라들었다.

준비했던 소개가 끝나고 잠시의 침묵이 너무 길게 느껴졌다. 그녀는 잘 들었다며, 귀엽다는 뉘앙스로 웃음을 지었다.

"우리가 찾고 있는 사람은 영어와 아시아권 언어가 동시에 가능한 인재입니다. 사실, 이탈리아어가 그렇게 완벽할 필요는 없어요."

그리고 엄지를 치켜세워 "Benissima(훌륭해)."라고 외쳐주었다.

"우리 회사가 원하는 인재상이에요. 더할 나위 없이 적절한 분이네요!"

감사하게도 그녀는 나의 재능을 귀하게 봐주었다.

그녀는 채용을 결정하자마자 대학에 직접 연락도 취해주고, 정부의 인재 채용 취업 연계 프로그램으로 학교의 관련 과목을 업무로 대체하여 이수할 수 있도록 도와주었다. 졸업 후 취업에 필요한 정식 비자 서류부터 현지 숙소까지 필요한 모든 부분을 지원하며 배려해주었다.

인턴으로 시작했지만, 정규직으로 채용되고 이후 승진까지, 그 과정에서 그녀는 삶의 고민을 토로할 때면 진득한 조언도 아끼지 않으며 따뜻한 이모처럼 많은 배움의 기회와 돌봄으로 내 인생의 감사한 인연이 되었다.

뜻밖의 기회로 다니게 된 회사는 이탈리아 내 20여 개 패션 브랜드의 라이선스를 보유하여 세계 각국의 백화점과 유명 명품 편집 숍에 유통하는 패션 무역 회사였다.

70명 정도 규모의 회사에서 나는 유일한 아시아인이었다. 나의 업무는 이후 동남아시아부터 일본, 그리고 한국까지 출장을 오가며 진행되었다.

현지 매장에 조달하는 선박 물류를 납품 관리하는 일부터 이후 패션 흐름을 분석해 현지 마케팅을 하고, 나중에는 현지 바이어 선점까지 책임지고 담당했다.

나는 한 걸음 한 걸음 회사의 업무를 해내며 꿈꿔오던 새로운 분야에서 성장하게 되었다.

회사 내 유일한 아시아 마켓 담당자로 시작해서 이후 아시아 마켓 부서가 만들어지고, 이탈리아 현지 팀원들을 데리고 함께 일하는 아시아 마켓 총괄 디렉터라는 부서장이 되기까지, 사실 그 시작은 이탈리아어가 미숙해 친구의 도움을 받았던 취준생의 도전에서부터였다.

다양한 국가에서 다이나믹하고 다사다난한 경험과 고생

이 쌓인 유학 생활의 시간이 드디어 결과로써 빛을 발하게 된 것만 같았다.

이때의 나를 주변에서는 성공했다고 했었다. 어떻게 반지하에서부터 세계 전역을 돌아다니는 디렉터까지 될 수 있었는지, 이탈리아어도 미숙했던 그 사회 초년생이 어떻게 제일 먼저 취업했는지, 그 성공 스토리가 궁금하다고 했다.

하지만 나는 그 값진 경험을 단순한 성공 스토리처럼 이야기하고 싶지 않다. 나의 강렬한 변화나 성공은 그런 것이 아니었다.

대학 시절 때였다. 남부럽지 않게 모든 것이 완벽한 환경으로 보였던 친구가 나에게 이런 말을 한 적이 있다.

"너는 되게 자유롭게 날아다니는 것 같아."

그 말이 마치 나를 부러워하는 것처럼 느껴져, 의아한 기분에 되물었다.

"그게 무슨 말이야?"

나의 물음에 친구는 한층 더 복잡한 표정을 지었다.

"내 주변에는 사실 너처럼 사는 사람이 없었어. 너는 네가 선택하고, 네가 책임지며, 네가 성취해. 너의 삶의 모든 게 완전히 너 같아. 온전히 너의 것 같아서 너무 자유로워 보여."

경제적인 풍족함, 사회에서 큰 성취를 이룬 부모님, 누구나 들으면 알아주는 대학, 거리를 걸어도 바로 알아볼 수 있을 만큼 숨길 수 없이 풍기는 고급스러운 그들의 분위기.

나는 남부럽지 않은 그들의 배경과 모습을 보고 그저 모든 것이 완벽하고 화려하게 빛난다고 생각했다. 그런데 뭔가 보지 못했던, 보이지 않는 그들의 이면에 숨겨진 민낯을 본 기분이었다.

친구들은 무의식적으로 부모님 기준으로, 부모님의 결정

권 아래 그들의 세상이 돌아간다. 그들의 부모님은 이미 세상에서 너무 대단한 사람들이기 때문이다. 세상에 자기가 어떻게 비칠지, 주변의 기대에 맞춰 무엇이 되길 원하는지를 기준으로 미래를 생각하고 결정하는 것에 익숙했다.

생각의 출발도 부모님과 주변 세상의 시선이었고, 만족의 기준도 부모님과 주변 배경의 것이 되었다. 그렇게 그 세상만이 온전한 자신이라고 믿으며 살았다.

그들은 세상에 보이는 모든 걸 가진 듯했으나 정작 자신을 잃은 것처럼 보였다. 자신감이 없다던 그들을 나는 그저 겸손한 모습이 아닐지 생각했지만, 이야기를 깊게 나누며 이해하게 되자 그게 진심이었다는 걸 알게 되었다.

그들의 부모님은 다양한 경험과 역경을 딛고 그 자리에 서게 되었지만, 그 친구들은 나와 같은 20대 사회 초년생들이었다.

차근차근 어려움을 딛고 올라가는 것이 아니라 단숨에 부모님의 큰 면모를 보면서 그 모습을 당연하게 자기의 이상으로 생각하다 보니, 어떤 시도를 해도 완벽해야 했다. 그러다 보니 두려움은 더 컸을 테고, 그래서 자신감이 없었을 것이다.

"너는 네 삶에서 진심으로 행복해 보여. 돈은 내가 훨씬 많지만…."

"좋은 환경에서 하고 싶은 걸 마음껏 한다고 해서 자유로운 게 아니라, 너는 네 모습 그대로 너 자신으로 살잖아. 그래서 네가 정말 자유롭다고 생각해."

친구는 그렇게 말을 끝냈다. 그 이야기를 끝으로 그의 눈동자는 가만히 나를 보고 있을 뿐이었다. 그때 알았다. 온전한 나 자신으로 사는 그것을 자유라고 표현한다는 것을.

나는 그날 친구에게 아무 말도 할 수 없었다. 위로하기 위한 말도 이상했고, 격려하기 위한 말도 이상했다. 내가 무언가 말을 얹는 건 더 이상했다. 그 친구를 처음 만났을 때처럼, "아, 그렇구나."라고 반응하는 것이 나의 최선이었다.

친구와의 기억에서부터 아시아 마켓 디렉터로서 수많은 인사를 만나기까지 사회적 성공이란 나에게 너무 많은 의문을 남겼다. 나는 당신에게 사회에서 말하는 성공을 좇으라고 할 수 없다. 내가 만났던 사람 중 자기의 삶이 진심으로 행복하다거나 만족한다는 사람을 찾기 어려웠다. 사회적 풍요의 기준이 행복의 척도가 아니라는 사실을 믿기까지, 나는 무수히 많은 사람의 이야기를 스쳐 지나 여기까지 도달했다.

세상에 기록된 수많은 성공의 흔적을 좇기 위해 우리는 얼마나 노력해야 하는 걸까?
세상에 성공으로 기록되기 위해 나는 앞으로 얼마나 달려야 하는 걸까?

별을 찾기 위한 여정

그 성공의 흔적을 좇아 지구를 돌고 돌았지만, 도대체 성공이란 건 어디에 있는 걸까, 성공의 실체는 도대체 무엇일까?

내가 이 세상에서 찾고자 하는 행복은 어디 있는 걸까?

우리는 성공을 위해 얼마나 더 많은 책을 찾고, 성공을 이루었노라는 사람들의 흔적들을 얼마나 더 찾아다니며 살아야 하는 걸까?

마침내 이 정도면 성공하지 않았는가, 이 정도면 더 달리지 않아도 곧 성공이 목전에 있는 삶이 아닌가.

그렇게 말할 수 있다고 생각한 부와 풍요를 가진 사람들을 종종 만났지만 왜 그들은 행복하다고 하지 않을까, 왜 충분하다고 하지 않을까?

살면서 결국 처음으로 돌아가야 할 때가 있다. 달리다가 문득 이 길이 아닌 것 같다고 느낄 때. 치열하게 달리다 방향 전환을 위해 멈춰야 할 때는 계속 같은 방향으로 달려도 더 이상 새로운 사실이 발견되지 않을 것이라는 확신이 들 때다.

그때야말로 첫 시작점으로 다시 돌아가야 한다. 사실, 계속 달려오던 것을 멈춰야 하는 그 순간, 그 생각마저 너무나 불편하고 지치게 된다.

단 한 번도 게으름을 피우지 않았던 사람일수록 더 힘들다. 치열하게 산 사람일수록 더 고통스럽다. 본질의 시작점으로 돌아가는 길이 너무 멀기에 이 변화가 두려울 때도 있다.

그렇지만 맞이해야 할 질문을 마주해야 한다.

어디서부터 시작해서 여기까지 오게 되었는지, 어쩌다 여기까지 오게 되었는지….

저마다의 목적과 호기심으로 이 책을 펼쳤고 여기까지 왔지만, 여기서부터 우리는 본질의 시작으로 되돌아간다. 이

별을 찾기 위한 여정

책의 처음, '프롤로그'에서 직원이 나에게 물었던 질문으로 말이다.

"사장님, 사실 없어졌다고들 하지만 세상에는 신분이란 것이 아직 있는 것 같아요."

이 질문을 한 사람은 20대 직원이자, 내가 봤던 사람 중 삶을 가장 투철하게 살아 내던 친구였다. 그리고 고등학교를 자퇴할 수밖에 없었던 열악한 환경의 직원이었다. 한편으로는 내가 걸어온 경로에서 여태껏 본 주변 사람들과 가장 다른 시작점에서 출발했던 친구였다.

나는 그가 누구보다 치열하게 고군분투했다는 걸 안다.

불안정한 삶 속에서 하나라도 더 배우기 위해 많은 질문을 했고, 그때마다 우린 많은 대화를 나누었다. 그래서 그 친구가 언제나 최선을 선택했다는 것도 알았다. 그는 살아남기 위해 쉬지 않고 달렸다. 그의 집념과 목표에 대한 열망은 엄청났다.

  그러다 어느 순간 그 달음박질이 멈춘 것 같았다.

  하나에 수백만 원 하는 가방을 쉽게 결재하는 고객을 보며 아무리 뛰어다녀도 좁혀지지 않는 타인과 자기의 엄청난 괴리감을 느꼈던 날이었다. 그래서 사장인 내게 그런 질문을 건넨 것이다.

  나는 그 표정에서 그날 이탈리아에서 만난 가장 부유한 친구의 얼굴이 떠올랐다. 이상하게도 정반대의 시작점에서 출발한 두 사람이었지만 너무 닮아있었다.

  나는 그 친구에게 세상에서 가장 긴 대답을 해주는 중이다.

  내가 이 책을 쓰기 시작한 건 성공하기 위해 용서하고, 성공하기 위해 도전하고, 성공하기 위해 뚫고 나가는 힘을 기르고자 했던 게 아니다.

  그 메시지는 성공하지 못하면 용서할 필요도 없고, 도전할 필요도 없으며, 그런 힘이 필요할 이유도 없다는 말과 다름없다.

이제 많은 사람이 성공만이 정답이 아니라는 걸 안다. 사람들은 시간이 지날수록 성공이 목적이 되는 걸로 삶의 의미가 크게 변화하지 않는다는 것을 안다.

맞다. 성공이 목적이자 의미가 될 수 없다. 그러나 세상은 기이할 만큼 불공평하다.

인간은 각기 다른 곳에서 다른 모습으로 태어난다. 누군가는 더 많이 가진 것처럼 보이고, 누군가는 더 적게 가진 것처럼 보인다. 그래서 아무리 가지려고 애를 써도, 살면서 다 가질 수 없는 한계가 있다.

그 한계는 다르다. 많이 가진 사람도, 적게 가진 사람도 그 한계가 다를 뿐이다. 그들의 이야기를 하나씩 들어보면 모든 사람에겐 한계가 있다. 갖지 못한 걸 항상 갖고 싶어 하고, 이루지 못한 걸 항상 이루고 싶어 한다.

그 욕망은 SNS가 발달하고 타인의 삶과 자기 삶을 비교하면서 우리의 고유한 방향성을 훨씬 더 불확실하게 만드는 데 일조했다.

현실에서는 혼란스럽고 복잡한 삶을 사는 모든 사람의 목표 지점을 암묵적으로 똑같이 만든 것처럼 보일 수도 있다. 그걸 성공이자 행복이라고 부르면서 말이다.

그래서 우리의 본질은 가장 처음의 지점, 그 시작점에 있다. 우리는 불공평하게 태어났지만, 각자가 특별하고 고유하게 태어난다.

우리는 저마다 고유한 빛을 가지고 태어난다. 그 빛은 저마다 하늘에서 빛나는 별과 같다. 우리의 삶은 개별적으로 존재하기에 저마다 하늘에서 빛나는 북극성이 만들어진다.

그 북극성은 각자가 다르다. 사회에서 암묵적으로 정해진 행복이나 성공의 기준이 더 이상 우리의 삶을 변화시키기에 한계가 있는 이유다.

북극성은 저마다 태초의 모습에서, 칠흑 같은 자신의 밤하늘에서 태어난 별이기 때문이다. 결국 우리의 성공은 모두 같은 모습일 수 없고, 이것은 우리의 행복이 같을 수 없는 이유이다.

우리는 사회에서 때때로 자신의 고유한 빛을 모른 채 다른 사람의 밤하늘을 올려다보곤 한다. 얼마나 드넓은지, 얼마나 화려하고 반짝이는 별들이 많은지, 그 하늘의 별을 세어보곤 한다. 그렇지만 그건 다른 사람의 밤하늘로, 당신 삶의 이야기가 쓰일 하늘이 아니다.

이 책은 우리의 밤하늘을 찾기 위해 쓰기 시작했다. 고유한 빛을 갖고 태어나 자신의 세상을 알아가기 위해 북극성을 좇아가는 이야기다. 그 이야기는 삶이라고 생각한다. 삶은 결국 자신만의 고유한 빛, 내면의 진정한 행복을 찾는 이야기다.

　내가 자유로워 보인다던 이탈리아에서의 그날, 빛을 내기 위해 날아오르는 반딧불이를 보며 새장 속의 새가 자신에게 진정한 자유와 행복은 무엇인지를 묻는 것처럼 우리는 돌아가서 내면의 자신에게 물어야 한다. 진정한 행복, 그 가치는 어디서부터 시작되는지….

별을 찾기 위한 여정

어항 속에 갇힌 물고기

    회사에서는 계절이 바뀌는 시즌마다 아시아 각 국가의 바이어들이 시즌별 신상들을 수입하고 선점하기 위해 날 찾아왔다. 나는 자회사에서 보유한 각 브랜드 중 국가별 패션 트렌드와 문화적 취향에 맞는 옷을 선택하고, 그 옷의 유통을 관리했다.

    나는 이 업무가 적성에 잘 맞았다. 힘들 때도 있었지만, 내가 좋아하고 잘할 수 있는 일이어서 오히려 즐거운 기억으로 남아있다.

디렉터로서 가장 중요한 능력은 단순히 남다른 패션 감각이나 다양한 언어를 구사하는 것이 아니었다. 업무 특성상 대부분 시간을 다양한 사람을 만나고 미팅을 진행했기 때문에 가장 핵심적인 능력은 소통이었다.

그래서 원활하고 효율적인 소통 방법에 관한 많은 연구를 스스로 하게 되었다. 그러면서 깨달았던 건, 대화와 소통은 그저 언어를 구사하고, 단순히 비즈니스적 소통만을 고려한다고 해서 잘할 수 있는 부분이 아니라는 점이다.

내가 알게 된 소통은 많은 연습과 훈련이 필요한 기술이었다. 시간과 경험이 축적되어야 한다는 뜻이다.

디렉터라는 업무에서 내가 가진 소양과 잘 맞았던 부분은 어렸을 적부터 예기치 못한 다양한 상황을 접하며 원하든 원치 않든 내 삶의 영역과 완전히 다른 다양한 분야의 사람들과 대화했다는 점이다.

당시엔 매번 낯선 상황에서 벌어진 여러 사건과 관계에

스트레스도 받았고, 시행착오도 있었으나 이제는 다양한 인종과 문화에 따른 여러 가지 소통 방식을 접할 수 있게 됨에 감사했다. 그때의 힘들었던 경험이 결국 헛되지 않게 된 건 내게 큰 의미였다.

의미를 찾기 어려웠고, 도망치고 싶었던 적도 있었으나 결국 사회에 나와 꽃을 피우게 되면서 자신감도 생겼다. 좀 더 일이 능숙해지고 난 후에는 서로 다른 가치관을 따르고 있다는 걸 발견하는 것도 특별한 배움이었다.

대화를 통해 더 나은 해결 방안을 찾고, 혼자 할 수 없던 일도 해낼 수 있었다. 이런 방식으로 어려움을 극복한 개인적 경험이 많이 쌓이고 나니, 다양한 국가의 바이어들과 비즈니스가 아니라 인간적인 관계에서도 소통하며, 어려움을 헤쳐 나가는 과정에서 많은 도움을 받을 수 있었다.

하지만 더 치열하게 노력한 새로운 과제도 있었다. 겉으로 보이는 것도 중요한 직업이었기에 먹는 걸 엄청나게 좋아한 나는 외적인 나를 가꾸는 것에 새로운 노력을 기울여야 했다.

처음에는 단순히 업무에 도움이 되거나 자기 관리를 한다는 생각에서 출발했으나 어느 순간, 회사 내에 상주하는 모델들과 나를 헛되게 비교하며 지나치게 외모에 집중하는 시기가 찾아왔다. 그래야만 내가 나로 인정받고 사회에서의 자리가 지켜질 줄 알았다.

목표와 성취욕이 누구보다 강한 나는 정말 혹독하게 관리했다.

회사에서도 역할이 점점 커졌고, 아시아 시장에서 각 브랜드가 한 곳, 두 곳, 큰 폭의 매출을 그리며 만족스러운 결과들이 나타나기 시작했다. 그러면서 나는 더욱더 완벽함에 대한 생각이 강해졌다.

회사에서 다양한 패션쇼와 함께 진행하는 파티에 자주 초대받게 되면서 완벽함에 대한 타인의 시선에 현혹되는 게 점점 더 쉬워졌다. 평소에는 보기 힘든 유명 연예인과 패션 업계 인사들을 만났고, 나는 그곳에서 자연스럽게 이탈리아 현지 명소들을 소개해주면서 업무 관계를 맺어 갔다.

아시아권에서 온 사람들은 종종 이탈리아에 거주하며 일하고 있는 나를 이상적으로 생각하기도 했고, 서양 문화권의 사람들은 흔하지 않은 동양인을 보며 신기하게 바라봤다.

"와, 정말 너처럼 살고 싶다. 이탈리아에서 일도 하고, 살기도 하고…."

"너 정말 귀엽게 생긴 동양인이구나! 마치 인형 같아."

오늘날처럼 동양인이 많이 없는 시기, 치열하게 살아남기 위해 가꿔 놓은 나를 보며 외국인들도 곁에서 이따금 칭찬을 건넸다.

그들은 겉으로 보이는 모습만으로 선망과 이상, 완벽에

대한 칭찬이자 미묘한 평가가 담긴 말들로 날 채워주었다.

　이탈리아의 이국적인 거리와 명소들, 화려한 명품 브랜드와 고급스러운 음식들.

　예쁘게 세팅된 머리, 파티에 가기 위해 치장하고 차려입는 드레스.

　유동적인 업무 성향과 유럽 문화 특성상 한국의 경직된 회사 문화와는 달리 좀 더 여유로워 보이는 나의 직업.

　이 시기 나는 가장 풍족했고, 가장 공허했다. 부족한 것 없었던 그 시기, 내가 공허했음을 깨달은 건 그 후 많은 시간이 지난 후였다.

　당시 나는 사람들의 눈길과 호감으로 풍족했고, 사회에서 보이는 요소들로 인해 다가오는 사람들도 많았다. 그들과 이야기를 나누면 나 또한 즐거웠고, 내 삶엔 많은 것들이 이미 자연스럽게 채워져 있었다. 그래서 이유 모를 공허함을 알아채는 것도, 인정하는 것도, 더 나아가 스스로 이 불안을 컨트롤하기에는 어려운 상황이었다.

사람들은 말도 잘하고, 예쁘고 고급스러운 동양인 디렉터를, 아니 정확하게는 그런 나의 이미지를 사랑했다.

"지현아, 일은 어떠니? 잘 지내고 있어?"

한국에 있는 부모님은 종종 나에게 연락을 해주었다. 그럴 때마다 화려한 세상의 불이 잠시 꺼지는 기분이었다.

부모님은 아직도 고된 노동을 하고 있었다. 인간의 거짓과 속임수가 이 세상에서 가장 지독한 것이라는 생각을 했다. 처음보단 나아졌지만, 그 빚의 잔재는 여전히 삶을 괴롭혔다. 부모님이 어떻게 지내는지 들을 때면 거짓에 대한 분노 그리고 재난과 같은 슬픔과 좌절을 느끼며 세상이 무너지는 환상을 겪었다.

나는 자주 찾아가지도 못하며, 당장 크게 도울 수도 없는 것에 대해 매번 죄송하다는 사과를 했다.

과연 완벽하게 보이는 삶으로 치장된 지금이 내게 맞는 삶인가? 이 삶을 사는 나는 누구에게, 어떤 가치를 위해, 무엇을 말하기 위해 이곳에 있는가? 보이는 나의 삶에 대해 진실이 조금이라도 있냐고 한다면, 나는 뭐라고 대답할 수 있을까?

그건 내 삶의 가장 큰 회의였다.

화려한 세상에 있었지만 그들처럼 돈이 있는 것도 아니었고, 화려한 이들과 함께 보내는 시간은 진정 내가 품은 이상과 추구하는 가치와 맞지 않았다. 우리 집의 빚을 갚고도 남을 만큼 큰 프로젝트나 부모님이 꼬박 한 달 일할 때 얻을 수 있는 돈보다 비싼 명품 하나의 가격이 훨씬 높았으니까.

전혀 다른 두 세계 사이에서 내 자리는 어디인지, 언젠가 이 화려한 세계에서 갑자기 사라져버려도, 어딘가로 뚝 떨어져도 이상하지 않을 것 같은 불안감이 항상 있었다.

내게 친절한 사람들이 내 진짜 환경에 대해 알게 되고, 그로 인해 자기들과 같지 않다는 걸 알게 된다면, 나는 이 세계에서 언제든 추방될 것 같았다.

불안과 공허함은 지속되었다. 그래서 끊임없이 달리고 노력했다. 내가 지금껏 해낸 것처럼 열심히만 한다면, 내게 보이는 화려한 세계가 온전하게 내 것이 되는 날이 올 거로 생각하고 무작정 앞만 보고 하루하루를 살아 내는 것이 전부였다.

어느 늦은 밤, 그날도 해외 인사들과의 미팅을 끝내고 돌아오던 날이었다. 부서는 규모가 커졌고, 승진도 했다. 내가 다녀야 할 호텔 파티장은 더 많아졌고, 내 앞에 프로젝트들도 더 많아졌다. 사람들은 외적인 성취를 축하하며 샴페인을 터뜨렸다. 형형색색의 불꽃과 같은 조명과 샴페인 잔들이 오고 갔던 어둡고 아름다운 밤이었다.

나는 계속 더 나은 삶을 위해 발버둥 치는데 내 삶은, 내 세계는 허무하게도 바뀐 것이 없었다.

돌아온 숙소의 깜깜한 방 안에 들어서자, 어둠이 나를 집 어삼키는 것 같았다. 어둠은 마치 물과 같아서 밭은 숨을 내 쉬는 내 폐를 찰랑거리며 채우는 것 같았다. 나는 그 모습을 마치 현실이 아닌 것처럼 지켜보았다.

깜빡거리는 의식 속에서 생각이 꼬리에 꼬리를 물었지만, 그 무엇도 내게 답을 안겨주지 못했다.

도대체 내 삶은 왜 바뀌지 않을까? 왜 많이 벌수록 오히려 나가야 할 돈이 많아질까? 왜 우리 부모님은 발버둥 치고 노력해도 윤택한 삶을 살지 못할까? 풍족하고 부유한 세계 는 입장료라도 있는 건가?

나는 다른 세계에서 태어났으니, 풍족한 세계에 온전히 속하려면 갚을 수 없는 빚을 대가로 지불해야 하는 건가?

별을 찾기 위한 여정

얼마나 더, 앞으로 얼마나 더 이렇게 살아야 하는 걸까?

나는 마치 어항 속에 갇힌 예쁜 열대어 같았다. 내 영역은 아주 작은 어항인데 사람들은 내가 물고기라는 이유만으로 굉장히 자유롭게 수영한다고 생각한다. 그리고 사람들은 물고기가 그 어항 속에서 행복한 삶을 보내고 있다고 했다. 나를 큰 바다에 사는 물고기처럼 바라봤다.

사실 나는 그 분야에서 그렇게 노력했음에도 불구하고, 내 실질적인 능력으로 내가 온전하게 벌 수 있는 돈은 한계가 있다는 걸 깨달았다. 그건, 아주 오랜 시간 고통에 몸부림치며, 뼈를 깎아낸 후 맞이한 냉혹한 현실과 삶의 결과였다.

올라갈 수 있는 사회적 위치엔 한계가 있었다. 사회에서는 올라갈수록 부조리들이 더 많이 보였고 더 심각해 보였다. 긍정적으로 대처하고자 노력했지만 돌고 돌아서, 버티고 버틴 후 결국 인정할 수밖에 없었다. 애초에 배경을 가진 친구들과 나는 시작점부터 달랐다.

무엇보다 두렵고 힘들었던 것은 '내 힘으로 내 가족 하나 제대로 먹여 살리지 못할 수도 있다.'라는 사실이었다. 그 공포는 나에게 시도 때도 없이 엄습했다.

나름대로 성공 궤도에 진입하고 있다고 생각했다. 하지만 실제로 올라가 보니, 평균보다 더 많은 월급을 받고 있음에도 불구하고 든든한 배경을 등에 업거나 누군가의 인맥을 등에 업지 않으면 더 이상 나아갈 수 없는 것이 현실이었다.

애초에 가진 것이 없고, 기본적인 자산도 없다 보니 한계가 너무나도 명확했다. 처음에는 현실을 부정했고, 이후에는 분노하고 격분했다. 한참을 그러다 마지막에는 받아들였다. 거대한 해일처럼 몰려오는 괴리감은 넘을 수 없는 것이었다. 나는 그 해일을 그저 맞이할 수밖에 없었다.

나는 어항을 벗어날 수 없었다. 이렇게는 우리 가족을 끌어올릴 수 없었다.

나름대로 그럴듯해 보이는 나의 위치에서는 한국의 반지하에서 가족도 데리고 나올 수 없다.

그래도 잘하면, 언젠가 바다로 나갈 수 있지 않을까?

그게 언제일까?

일반적이고, 평균적인 사람들처럼 생활하려면 앞으로 얼마나 더 많은 과정을 거쳐야 할까?

돈을 모을 수 있을까, 그런 날이 올까?

내 젊음이 지고 난 다음 겨우 돈을 모을 수 있다면, 결혼은 할 수 있을까?

띠링띠링.

전화벨이 울려도 나는 반응하지 않았다. 언제부터인가 연락처에 있는 수많은 사람이 무력감에 잠식되어 모든 게 다 귀찮아졌다. 그렇게 휴대전화에 부재중 표시가 쌓여갔다.

외향적이고 사람 좋아하던 나는 연락하면 곧잘 나가 밖에서 시간을 보내던 사람이었지만 삶의 어느 순간부터 깨닫게 된 우울과 고독감에 점차 외부 활동이 줄었다. 어두운 방에서 혼자 덩그러니 지내며 나는 점점 생기를 잃어갔다.

　전화를 받지 않으니, 사람들도 점차 나를 찾지 않게 되었다. 그런데도 계속 걸려 오는 전화가 눈에 띄었다. 꾸준하게 연락해 오던 교회 지인이었다. 하루, 이틀, 사흘, 나흘…. 나는 그래도 받지 않았다.

　띠링띠링.

　몇 주가 지났고, 눈길도 주지 않던 나는 휴대전화 액정에서 여전히 빛나는 이름을 보았다. 정말 진득하게 울리는 전화벨 소리, 부재중 표시가 쌓여가는 것을 가만히 지켜보는 일도 그만해야 할 것 같아서 무기력했던 몸을 일으켜 전화를 받았다.

　"지현아. 걱정했잖아. 너 죽은 줄 알았다. 왜 이렇게 연락이 안 되는 거니?"

오랜만에 나를 걱정하는 누군가의 목소리에 울적했던 감정이 깨어나는 듯했다. 나를 책망하는 그녀의 말에 조용히 웃었다. 그리고 휴대전화 너머로 슬며시 내 웃는 소리가 넘어가자, 그녀는 말을 이었다.

"지현아. 언제 시간 되니? 너 남자 친구 소개해줄까?"

… 소개?

손바닥으로 하늘을
가릴 수 없다

　서류를 멍하니 바라보던 나는 혼인 신고가 되었음을 실감했다, 내 선택의 결과가 시작되던 날이었다. 이탈리아에서 소개받은 한국인 남자와 만난 지 3개월 만에 내린 선택이었다.

　돈이 없던 나는 어차피 결혼식은 바라지도 않았다. 나의 현실로는 진정한 사랑을 하지 못할 것을 알았기에, 이 선택을 그저 덤덤하게 바라보다 절차와 과정도 없이 그렇게 결혼 생활을 시작했다.

이 시기에도 제대로 된 사랑이 무엇인지 질문하지 않았던 것은 아니다. 가난의 진정한 의미가 무엇인지 몰랐기에 두려웠고 겁이 났다. 그건 단순히 돈이 없는 것이 아니었다. 제대로 된 사랑이 무엇인지 질문하는 것부터 사치라고 생각했고, 진정한 가치를 찾는다는 의미마저 잊게 했다.

이제 와서 알게 된 건, 나는 돈보다도 마음이 너무 가난했다는 것이다. 과거로 돌아간다면 내가 오로지 느끼는 것, 생각나게 하는 것, 기억나게 하는 것, 내게 머무르다 흘러가는 감정들, 그 생경한 감각들을 되찾기 위해 묻고, 또 물을 것이다.

하지만 당시엔 마음에 아무것도 남지 않은 상태였다. 비어버린 가치에 대해 알지 못한 채 무엇이라도 채워 넣는다면 미래에 대한 불안이 사라질 줄 알았다.

나는 이렇게 치졸하게 무너진 삶에 사랑이 있을 수 없다고 제멋대로 규정해 버렸다. 그리고 타인에게 해답을 빌리기 위해 애썼다.

　그렇게 남들처럼 흉내라도 내본다면 조금이나마 사랑을 겪어볼 수 있지 않을까?

　남들처럼 따라 해본다면, 그 행복을 조금 맛볼 수 있지 않을까?

　나는 남들이 좋아 보였던 모습들을 따라갔다. 단순히 학습되어 새겨진 겉모습이 모두의 눈에 들기 위해 그것을 유지하도록 부단히 애를 썼다.

　사는 게 힘겨울수록 사랑이란 건 너무 이질적이기도 하고 마치 가져선 안 되는 것처럼 스스로 믿었고 그래서 너무 어렵기만 했다. 버석거리게 말라가는 목에 흘러드는 것이 무엇인지 구분하기 어려운 것처럼 말이다.

　지금은 상대를 선택했을 때의 마음을 기억하기도 어렵다.

별을 찾기 위한 여정

내가 상대의 무엇에 설레고 이끌렸는지, 애석하게도 떠올릴 수조차 없었기 때문이다.

내 감정과 별개로 상대의 조건과 환경이 정의하기 어려운 감정보다도 관계를 시작하기에 적합하다고 생각했다. 나는 부디 이게 사랑이길, 사랑이 아니더라도 마침내 사랑이 될 수 있길 바랐다.

어떤 과정도 내가 한 선택을 감수해야 하지 않겠는가. 나조차도 이해하기 어려운 당시의 감정과 별개로 한 사람을 사랑해 보고자 맹세했다면 그걸 지켜내야 하지 않겠는가. 그게 내가 내렸던 선택 앞에서의 유일한 다짐이었다.

그리고 나는 그 모든 것을 감수하면 마침내 사랑에 도달할 것이란 믿음을 품었다.

감수하는 마음으로 나의 내면과 별개로 환경과 사회 밖에서 보이는 선택을 한 나는 스스로 고삐를 물렸기에 끌려가는 것에 행복을 느낄 수 없었다. 이 당연한 사실을 나는 너무 뒤늦게 깨달았다.

심리를 공부할 때 여러 가지 감정과 욕구가 나열된 단어들 사이에서 가장 먼저 보이는 단어를 꼽아본 날이 있었다.

책상 앞에 놓인 단어들 사이에서 나는 항상 사랑을 먼저 뽑았다. 진실한 마음의 가치를 선택해야 한다고 늘 생각해왔고, 그렇게 살아왔기에.

나는 무수한 단어들 사이에서 그 단어를 가장 먼저 보았고, 가장 먼저 반응했다.

하지만 나는 처음 겪어보는 삶의 막다른 골목에선 사랑을 뽑지 않았다. 그 추상적이고 이상적인 가치를 선택하는데 결국 그것이 맞는 것인지, 확신이 없었다. 나는 복잡한 심경으로부터 도피와 회피를 선택했다. 그렇게 선택의 주권 앞에서 도망쳤다.

별을 찾기 위한 여정

그렇게 시작된 나의 결혼 생활은 일반적으로 상상할 수 있는 이미지와는 전혀 다르게 흘러갔다. 이전에 겪었던 경험과 별개로 가정의 울타리에서 일어나는 고통은 다른 차원의 나락으로 사람을 밀어 넣을 수 있다는 것도 그때 처음 알게 되었다.

결혼 생활을 시작한 후 얼마 지나지 않아 나는 말로만 듣던 뉴욕에 초청받게 되었다.

일 년 남짓한 시간을 뉴욕이라는 거대한 도시에서 지냈다. 그 덕분에 일을 통해 잠시나마 숨통이 트일 수 있었지만 나는 내가 하는 일마저도 서서히 압박을 느꼈다.

여타 가부장적인 한국 가정의 모습처럼 일하는 것보다는 가정적이고 헌신적인 아내가 되길 바라는 문화가 내게도 현실이 되었다. 행복한 가정, 이상적인 아내의 모습에 대한 서로 다른 생각의 차이를 좁히기 어려웠다. 그건 내 목을 서서히 조여오는 것 같았다.

그리고 가정을 이루었기에, 내게도 자연스럽게 임신의 압박이 다가왔다. 그 또한 이미 궁지에 몰려있던 나를 숨 막히게 하는 환경이었다.

그런데도 아이가 생겼을 땐, 고장 난 톱니바퀴로 굴러가는 삶에서 내게 일어났던 가장 좋은 일이었다. 얼떨떨했지만 내게 찾아온 생명은 귀한 기쁨이었다.

내가 세상에서 맺을 수 있는 가장 특별하고 친밀한 관계였다. 삶은 여전히 무거웠지만, 아이의 존재는 외로운 고통 속에 유일한 선물과 축복과도 같았다.

아이가 생기자, 주변에서 가정적인 엄마가 무엇인지에 대한 새로운 말들이 쏟아졌다. 일과 임신 그리고 육아까지, 헤아릴 수 없이 많은 잣대와 기준들이 내 삶에 넘어와 점점 숨을 조여왔고, 또 한 번 나는 세상에서 말하는 이상적인 엄마가 되어야 한다는 휩쓸림 속에 떠밀리듯 다음을 선택했다.

나는 마치 전형적인 코스를 밟듯 하던 일을 그만두고 한국으로 돌아가게 되었다. 당시엔 이미 어떤 거대한 수레바퀴에 무력하게 몸을 내맡긴 듯했다.

몸과 마음이 많이 지쳤던 때라 사무치게 한국이 그리웠고, 막상 일을 내려놓고 돌아가게 되자 몹시 기대했던 부분도 있었다. 멀고 멀었던 유학과 취업, 결혼까지 내가 보냈던 타지에서의 긴 여정이 드디어 끝나는 것 같았기 때문이다.

부모님 곁에 있을 수 있다는 생각에 마음이 놓였고, 어쩌면 나의 고난도 끝이 보일 거란 희망을 품었다.

하지만 내 예상과 다른 시나리오가 펼쳐졌다. 귀국하자마자 나를 반긴 것은 한 번도 본 적 없는 80평 넘는 2층짜리 콘크리트 건물이었다.

그 건물의 사업과 운영 관리를 할 사람이 필요했지만, 여러 사정상 맡을 사람이 없었다. 잘못 운영하게 되면 큰 손실이 생기고, 방치해도 마찬가지로 손실이 생기는 상황이었다. 원치 않았지만, 이 일을 해내지 못하면 더 큰 벼랑에 내몰리게 될 상황이었기에 나는 떠밀리듯 임신한 몸으로 난생처음 사업이라는 것을 본격적으로 도맡아 시작하게 되었다.

가장 먼저 이탈리아 가구 브랜드 독점 사업과 이탈리아 식품 수입 유통 사무실을 만든 뒤 남는 공간에도 수익 창출을 위해 이탈리안 레스토랑과 카페를 시작했다.

처음엔 우왕좌왕했지만, 그동안 일에 대한 추진력이 강했던 면모가 어디 가지 않았다. 나는 밤낮을 가리지 않고 일에 매진했다. 하지만 당시에는 큰 규모의 다양한 사업들은, 사업이란 것을 처음 해본 내게 영영 넘지 못할 커다란 장벽 같았다. 회사에 소속되어 일하는 것과 달리 직접 큰 그림을 그려야 한다는 것은 완전히 다른 분야였다.

그래도 발버둥 쳐야 했다. 발버둥 치지 않으면 이 세상에 있을 자리가 없다고 느꼈기에 자신을 돌아볼 여유도 없이 많은 시행착오를 겪는 과정을 보냈다. 나는 그 안에서 나의 커다란 성장과 미래의 원동력이 되는 경험을 만들었고, 다양한 계층의 사람들을 만나며 사업을 배웠다.

사업이란 무엇이고, 돈이란 무엇이며, 어떻게 나가고 들어오게 되는지 직접 체험하고 체득하게 되면서 본질적인 물음을 던지기 시작했다.

그 지긋지긋한 돈이란 단어에 매번 내 삶이 흔들렸지만, 나는 그 실체가 무엇인지도 몰랐다는 걸 그제야 깨닫게 되었다.

나는 사실 매번 돈을 생각하면서 돈의 체계에 관해 공부해본 적도 없었고, 돈에도 공부가 필요하다는 것을 처음 알게 되었다. 이 깨달음이 바로 눈에 보이진 않았지만, 이후 점차 투철하게 쌓여 사업의 결과물로 나타났다. 밑바닥에서부터 시작해서 날마다 쉬지 않고 운영하고 개발해 나간 시간과 노력의 산물이었다.

임신한 몸으로 사업을 일궈낼 수 있었던 것은 어쩌면 일평생 돈에 휘둘렸던 나의 오기에 있었는지도 모르겠다. 내가 살아온 시간 중 가장 많이 공부하고, 가장 적게 잤다.

생애 첫 사업들은 내 피와 땀을 타고 번창하기 시작했다. 이탈리안 식당과 카페는 어느덧 줄을 서는 손님들을 감당하기 위해 이웃 식당에 식기구를 빌려야 할 만큼 바빠지기도 했다.

"어이구, 만삭의 몸으로 온종일 한시도 가만히 있지 않고, 분주히 일하는데 힘들지도 않아? 그런데도 어떻게 남 사장은 늘 웃는 얼굴이야? 대단해, 참 보기 좋아!"

뒤뚱뒤뚱 오리처럼 앞뒤로 커다랗게 부푼 배로 뛰어다니면서 매일매일 일을 처리하는 만삭의 나를 보고 이웃 회사 사장님은 웃으며 말했다.

별을 찾기 위한 여정

"아, 그래요? 보기 좋아요?"

나는 간신히 입매를 끌어올리며 웃었다.

가끔 얼굴을 보는 사람들은 내게 좋아 보인다고 했다. 내 것이 아니지만 겉으로는 여러 가지 사업을 운영하는 모습과 주변 환경을 보곤 많은 것을 누리며 풍족하고 부족함이 없는 시선으로 여전히 바라봤다. 아이러니하게 타인의 눈에 여전히 나는 사회적으로 성공한 사람이었다.

하지만 나는 이전보다 훨씬 절망적이었고, 자주 슬퍼했으며, 잘 먹지도, 잠들지도 못했다.

돈을 벌어들인다 해도 그건 나의 돈이 아니었고, 내게 허락된다고 한들 쓸 시간도 전혀 없었다. 오히려 책임질 사람들은 훨씬 더 많아졌고, 시간이 지날수록 몸은 무거워졌다.

이웃 사장님의 말처럼 나를 바라보는 부러운 시선은 여전히 아무런 위로도 될 수 없었고, 버거웠다. 나는 여전히 예쁘게 생긴 열대어라서, 사람들은 나를 관람하고 다양한 평가를 보내는 것 같았다.

그래도 애써 나에게 위로를 건넸다.

'그렇지, 힘들 텐데 참 싹싹하고 일도 잘하고 잘 웃고, 어디를 가도 귀염받지.'

그렇지만 내가 스스로 곱씹었던 생각은 뜬금없이 거래처 물품을 확인하다 내 손을 멈추게 했다.

이쁨? 내가 이쁨을 받는다고? 누구에게?

순간 고장 난 톱니바퀴가 덜컥, 멈췄다. 그건 마모되고 고장 나기 시작했다는 신호였다.

드넓은 공간에서 모든 일을 혼자 감당하기 위해 종일 뛰어다니다 보니 나의 몸은 시도 때도 없이 여러 가지 염증에 시달렸다. 제집 드나들 듯 병원에 실려 가기 일쑤였던 나는 결국 몸의 건강이나 마음의 여유도 챙기지 못했기에 배 속의 아이에게 미안할 새도 없이 조산에 이르게 되었다.

계속 성장하면 해결될 줄 알았던 사업들도 높은 임대료와 점점 늘어나는 인건비로 인해 지속적인 흑자를 내는 데는 한계가 있었다. 계속 수익을 내도 밑 빠진 독에 물을 붓는 격이었다. 그 와중에 극한의 스트레스와 과로로 몸이 아프기 시작했고, 사업도 나의 몸처럼 점차 저무는 듯했다.

나는 아이가 태어나고 얼마의 시간이 지난 후 모든 사업을 정리하기로 했다.

그렇지만 남아있는 문제들이 있어서 계속 다른 사업을 해나가야만 했다. 건강을 회복하며 이왕 해야 한다면 내가 잘하고 좋아하는 일을 해야겠다고 마음먹었다. 그래야 더 큰 후회가 없을 것 같았다. 나는 그렇게 가방 브랜드와 유럽풍 패션 편집 숍을 시작했다.

새로운 사업을 시작할 무렵, 나는 일련의 쌓인 경험과 사건들로 인해 꽤 성숙해졌다고 생각했다. 웬만한 아픔들은 삶에 거리를 두고 일에 몰두하면 시간이 해결해준다는 것도 알고 있었다.

　그래서 더 나아지고 버틸 수 있으리라 믿었다.

　가정에서도 희생하고 헌신한다면 내가 완벽하게 행복하진 않더라도 아이가 행복하면 된다고 생각했다. 그래서 나는 무식할 정도로 참고 또 참았다. 그 어떤 아픔도 언젠가는 지나간다는 옛 성인의 말을 상기하며. 그러나 그 말도 헛된 바람처럼 나를 배신했다.

　이 시기 내 선택들은 너무나도 뼈아팠다. 항상 주체적인 길을 선택하던 내가 처음으로 선택의 가치를 잃어버린 채 항로를 이탈해서 다닌 경험이었다. 그 선택은 결국 목적지에 도달할 수 없었다. 내가 했던 맹세는 바람 앞에 쓰러지듯 꺾이고. 다짐했던 마음은 모래사장에 쓰인 글씨처럼 파도에 휩쓸려 사라졌다.

가정 내에선 폭력과 고통스러운 상처를 받는 일들까지 생기게 되었다. 결국 내겐 일어나지 말아야 할 일들이 일어났다. 내가 마주한 고통은 마지막으로 남아있던 작은 감정들도 휘발되는 것 같았다.

누구보다 열심히 달렸고, 어려운 시도와 노력을 다하며 악착같이 살았다. 이 가정을 위해 나를 갈아서 희생하고 헌신했다. 하지만 나는 손 써볼 새 없는 상황까지 이르러서야 아무것도 할 수 없는 자신에게 몹시 화가 났다. 내가 너무 무력한 존재 같았다.

다른 문제들은 넘어지면 일어날 수 있을 것 같았고 결국 일어났다. 하지만 이번에는 절대 일어나지 못할 것 같았다. 그래서 나는 고장이 나도 버텼고, 잘못된 것을 알면서도 침묵했다.

그러나 결말로 향하는 운명을 잡고 있을 수만은 없기에 내 눈물에 익사하듯 그 손을 놓았다. 내가 사는 곳은 어항이었지만 내 눈물은 바다 같았다. 넘쳐흐르는 슬픔에 잠식되어 이곳에선 누구도 나를 보지 못했다.

그토록 많았던 타인의 시선과 말들은 어디 갔을까? 그제야 온데간데없는 타인의 시선들이 얼마나 의미 없고 부질없는 것인지를 곱씹었다. 슬픔 속엔 아무것도 존재하지 않아 숨이 막히며 의식이 가물거려도 난 혼자였다.

창가에 까맣게 밤이 내려앉으면 눈물이 흘렀고 잠은 오지 않았다. 그럴 때마다 눈을 감고 생각했다. 익사하는 물고기는 혼자였다.

프랑스에서 살던 시절, 내가 지내던 숙소 앞 거리에는 늘 같은 자리에 노숙자 한 분이 있었다. 처음엔 무서웠지만, 거리를 오고 갈 때마다 보이니, 마음이 쓰이기 시작했다. 그래서 용기를 냈던 어느 날부터 인사를 건네며, 가끔 음식도 가져다주면서 친해지게 되었다. 그렇게 종종 그와 짧은 대화를 나누곤 했다.

그날도 그는 여전히 같은 자리에 있었고, 내게 이런 질문을 던졌다.

"인간에게 가장 무서운 것이 뭔지 알아요?"

그는 나에게 읊조리듯 말했다. 나는 그를 흘긋 보며 무슨 대답을 해야 할지 잠시 망설였다.

"그건 단지 굶는 것, 쉴 수 있는 보금자리가 없는 것이 아니에요."

그는 혼잣말처럼 스스로 대답을 이어 나갔다. 자기의 말에 집중하는 모습이 보이자, 그는 내가 볼 수 있도록 하늘을 향해 주먹을 쥐었다.

"점점 피폐해지는 자신을 알고 있지만 돌볼 여유조차 잃어가는 것."

엄지가 살며시 먼저 펼쳐졌다.

"자신의 인생에서 희망을 잃어버리는 것."

그다음은 검지가 펼쳐졌다.

"결국 마침내 스스로 자기 자신을 포기해버리는 것."

마침내 중지가 펼쳐지면서 자연스럽게 나머지 손가락도 모두 풀렸다.

"… 그게 인간에게 가장 무서운 거예요."

그날 그는 자기 삶을 회상한 걸까? 지나온 시간 속에 후회와 미련, 허망을 느끼면서 힘이 모두 빠져나간 그의 손바닥은 어느새 하늘을 가리고 있었다.

운명의 끝자락에 닥친 이혼에서 나는 그의 말을 이해할 수 있었다. 이혼은 마치 하나의 낙인과도 같았고, 내 삶의 가장 큰 패배처럼 느꼈다.

꿈처럼 떠오른 기억에서 그가 말했던 인간에게 가장 무서운 지점에 내가 도달하고야 말았다는 걸 깨닫게 되었다.

별을 찾기 위한 여정

내 삶 속에는 이제 내가 어디에도 없었고, 그건 마침내 나를 포기하고 싶었다는 의미다. 그 자리에서 나는 그의 말을 비로소 이해했다.

세상은 마치 내가 어디에도 있을 수 없다는 듯 머물고자 하는 자리마다 활을 당겨 공격하는 것 같았다. 처음으로 사람이 어디까지 내몰릴 수 있는지 내게 알려주듯 말이다.

그래서 매일매일 벼랑 끝에서 살았다. 앞은 내가 직면해야 할 많은 현실과 상처들이 엉겨있었고, 한 걸음 뒤는 허공이었다. 끊임없이 살고자 기억을 돌아봤지만, 나는 답을 찾을 수 없었다. 그리고 시끄러웠던 내 머릿속이 결국 고요해졌다.

"엄마, 엄마아. 우러? 우러요? 엄마아, 우르지 마… 흐아앙."

바다 같은 슬픔의 끝에서 아이가 나의 바짓가랑이를 붙잡았던 적이 있다. 아이는 신기하게도 내가 벼랑에 있다는 걸 아는 것 같았다.

이제 막 말을 배우기 시작한 아이는 우는 나를 보고 어쩔 줄 모르는 표정을 짓다가 이내 나와 같이 울음을 터뜨렸다.

"어머, 언제 왔어. 우리 아가! 아니야, 엄마 안 울어. 정말 안 울어. 엄마 괜찮아! 우리 저기 가서 놀자. 뭐 하고 놀까?"

아무렇지도 않은 듯, 아무런 일도 없었던 듯 행동해야 했다. 능숙하게 연기했다고 생각했지만, 감정을 숨겨도 아이는 나의 감정과 나를 같이 느끼는 것 같았다.

울음을 그치지 않는 아이를 달래주다 잠이 든 아이의 곁에서 문득 사무치고 서글픈 마음에 정신이 돌아왔다.

실컷 행복하게 놀다 잠이 들 나이에, 너는 왜 엄마와 같이 슬퍼하다 잠이 들어야 할까, 슬픔이라는 것도 잘 모를 나이에 너는 왜 엄마의 바다와 같은 슬픔을 마주하게 되었을까?

그리고 나서야 나의 희생과 헌신은 독사탕을 물고 있었다는 걸 알았다. 그것을 물고 서서히 독이 퍼져나가도 안간힘을 다해 참았지만 되레 내 아이를 슬프게 만들었다는 것을.

독사탕을 너무 오래 물고 있던 나는 서서히 행복이 무엇인지 잊었고, 나 자신도 잃어가고 있었다. 행복하기 위해 내렸던 결정이었고, 그렇게 꾸리게 된 가정이었지만 나는 단 한 순간도 행복할 수 없었다.

"백마 탄 왕자는 진심으로 사랑하는 여자를 만나 서로 사랑했습니다. 둘은 결혼해서 오래오래 행복하게 살았답니다."

아이의 머리맡에서 동화를 읽어줄 때면 훗날 아이가 자라 의젓한 어른으로 성장할 때를 상상하곤 했다.

그때가 온다면, 동화책을 읽지 않는 나이가 되고 더 이상 내가 사준 책들로 위안을 얻지 못할 때, 훗날 나는 아이에게 어떤 이야기를 들려주는 엄마가 될까?

이 아이도 어른이 될 텐데, 의젓하게 어른으로 성장했을 때도 정말 행복해야 할 텐데…

아이가 나를 이해할 만큼의 어른이 됐을 때는 부디 지금의 슬픔보다 행복에 관해 이야기하고 싶다. 지금처럼 내가 불행한데 아이를 위해 행복을 이야기한다는 것은 모순 아닐까?

'따뜻하고 건강하게 자랐으면 하는 마음에서 너를 낳았으니, 이것은 나의 먼 상상일 뿐이지만 분명 어른이 된 너는 행복하고 따뜻하게 살 수 있었으면 해.'

진정한 헌신과 행복이란 뭘까?
아이가 물으면 나는 어떻게 대답해주어야 할까?
진정한 사랑이란 뭘까?
사랑에 대해 나는 어떻게 대답해야 할까?

그날 나를 붙잡았던 아이의 고사리 같은 작은 손이 삶의 가장 끝자락에 있었을 때 내가 나를 포기할 수 없게 만든 버팀목이 되었다.

별을 찾기 위한 여정

그날 나는 고통 속에서 다시 일어나 다짐했다. 나는 아이에게 행복을 알려주는 엄마가 되고 싶었다. 엄마가 행복을 말할 때, 아이도 행복할 수 있을 테니까.

엄마라는 이름은 내게 가장 무겁고 고귀했다. 사랑하는 아이는 내 생명과도 견줄 수 없기 때문이다. 그 이름은 무거웠던 만큼 나를 단단하게 붙잡아 주었다.

그래서 나는 포기하지 않았다. 내 삶에 아직 사랑할 것이 남아있음에 감사했다.

거대한 슬픔 속에서도 사랑은 노력하게 만드는 힘이 있었다. 억지로 강요하고 압박하지 않아도 그 힘은 자연스럽게 나를 세워주고 이끌어주는 강력한 불도저가 되었다. 나는 그 사랑이 지켜지고, 지켜줄 수 있기를 간절히 바랐다.

아주 오랫동안 치열하게 달려왔다. 그 길을 찬찬히 돌아보니 아득하게 느껴졌다. 마치 아주 깊고 어두운 터널 속으로 들어온 것처럼 말이다. 하지만 나는 돌아가야 했다. 어디서부터 시작해서 여기까지 오게 되었을까?

'먼저 나는 나를 절대 포기하지 않을 것이다.'

그건 사랑하고 열망하는 것을 위해서였다. 나를 포기한 사랑과 헌신은 이루어질 수 없다는 것을 인정하는 고백이었다.

'지금이 나의 전부가 아님을 명심하자.'

터널을 벗어나 멀고 드넓은 시야가 다시 트일 때까지, 그 시야로 온전한 희망을 찾을 때까지 지금 내가 견뎌내는 이 순간이 전부가 아님을, 그저 큰 희망을 위한 하나의 과정일 뿐임을 상기하기로 했다.

이 주체적인 선택, 나로부터 출발한 선택이 반드시 희망의 한 지점에 이른다는 걸 믿어보기로 했다. 나를 삼키는 우울과 감정에 잡아먹히지 않기 위해 두 눈을 뜨고 앞으로 나아가기로 했다.

별을 찾기 위한 여정

아주 작은 빛으로도 어둠이 밝혀지는 것처럼, 내가 보려고 노력할 때 희미한 빛이 보이는 것처럼, 이 생각을 지표로 한 걸음 한 걸음 나아갔다.

나는 결국 그 빛줄기를 따라 가장 깊었던 터널의 마지막에 도달했다. 터널 안에선 세상이 얼마나 넓은지, 밖에 어떤 하늘과 별들이 있는지 몰랐다. 한 줄기 작은 빛처럼 미미해 보였던 내 생각이 어디에서부터 출발한 건지도 알 수 없었다.

북극성은 언제나 변함없이 하늘에 떠 있는 별이다. 너무 어두워 없어졌을지도 모른다고 생각한 그 별은 내가 어디에 있든 빛을 내며 지표가 되어주었다. 그제야 북극성이 어떤 의미인지를 깨달았다.

손바닥으로 하늘을 가릴 순 없었다. 마침내 내가 현실을 온전히 받아들이고 나로부터 생각이 출발하기 시작할 때,

내 손은 마침내 모두 접혀 주먹이 되었다. 그리고 그제야 하늘이 시야에 가득 들어왔다.

나는 항상 빛을 내며 나에게 묻고 있었다. 누구를 위한 삶을 살고, 어떤 가치를 위해 걸어 나갈 것인지….

이제 내가 선택할 차례였다.

다시 나를 찾아가기 위한
여정, 회복

이혼의 과정은 생각했던 것보다 훨씬 더 고통스러웠고 아팠으며 고된 것이었다. 마침내 여기 이 자리에, 오로지 나자신으로 인정받고 서 있기까지 겪어야 했던 시간은 순탄치 않았다.

서류 속 나의 정보가 몇 글자 바뀌었을 뿐이지만 내 심정은 쉽게 바뀔 수 있는 게 아니었다. 나는 보고 싶어도 볼 수 없는 고장 난 텔레비전처럼 아이를 만날 수 있는 자유조차 빼앗겨버렸다. 그건 최악의 고통이었다.

공들였던 가방 브랜드를 정리하고 패션 편집 숍만 남겼다. 앉아있는 시간도 아끼며 숍을 운영하기 위해 쉴 새 없이 하루하루를 채웠다. 이 시기, 무엇이라도 집중할 수 있는 것에 감사했지만 피곤한 몸을 이끌고서도 밤마다 새벽을 지나 동이 틀 때까지 잠을 이루지 못했다. 한참을 뒤척이다 아침 동이 틀 때가 되어서야 겨우 얕은 잠이 들어 당시 나는 마치 어떻게 잠을 자는지, 어떻게 숨을 쉬는지 잊어버린 사람 같았다.

"지현아! 어디야, 뭐해! 나와."

"오늘은 기분 좀 어때?"

"어젯밤 잠은 좀 잤어? 괜찮아?"

나를 염려한 주변 사람들은 안부를 묻는 내용으로 휴대전화를 채워주었다. 고맙기도 했지만, 이런 관심에 대답할 여력도 남아있지 않아 힘들었다.

"응, 나 완전 괜찮아."

사실 나는 전혀 괜찮지 않았다. 어떻게 괜찮을 수 있겠는가. 하지만 쏟아지는 안부에 나의 감정을 털어놓는 것이 버거워 나는 매번 잘 지낸다고 거짓말했다. 어쩌면 그 말처럼 언젠가 정말로 잘 지낼 때가 오기를 바라면서.

생각해보니 괜찮다는 말은 반쯤은 진심이었고, 반쯤은 거짓이기도 했다. 더 이상 고통에 내몰리는 삶이 아닌, 나로서 살아가는 삶을 다시 살게 된 게 괜찮기도 했지만, 이렇게 조금이라도 괜찮은 기분을 느낄 때마다 아이가 생각났다.

아이에게 미안해서 가끔 느껴지는 나의 행복도, 자연스레 회복되며 생기는 미묘하고 작은 기쁨조차도 허락할 수 없었다.

그래서 내게 좋아 보인다고, 오히려 고통에서부터 해방된 삶을 축하해주어도 그것을 온전히 좋다고 말하는 게 힘들었다.

별을 찾기 위한 여정

나의 소식을 듣고 안부를 묻던 사람들은 시간이 지날수록 조금씩 줄었지만, 여전히 나를 살펴주고 싶은 마음에 내가 일하는 매장으로 찾아오는 사람들도 있었다. 그 중엔 꽤 오래 알고 지냈지만, 새로운 면을 알게 된 사람들도 있었다.

"사실 지금 어떤 심정일지, 어떤 시간을 보내고 있을지 알고 있어요. 이해해요."

내 기억에 남아있는 건 깊은 공감으로 다가왔던 사람들이었다.

불행에는 관성이 있어서 힘들고 어두운 시기가 지나가도 그 어둠에 익숙해진 사람들은 회복하기 어려운 것 같다.

내가 느꼈던 괴로움과 부정적인 생각들은 상처와 고통으로부터 빠져나온 후에도 계속 나를 끌어당겼고 그래서 가장 불안정하고 위태로운 시기이기도 했다.

그걸 가장 먼저 눈치채고 붙잡아 준 사람들은 그 시기를 겪어본 사람들이었다. 그들은 진솔하고 깊은 감정으로 나의 소식을 듣고 먼저 위로를 건넸다.

그들은 자신과 비슷한 처지의 나를 위해 용기를 냈고, 나는 그들을 위해 꼭꼭 숨겨놓았던 상처를 털어놓을 용기를 냈다.

그들도 이전까지는 절대 자기 이야기를 하지 않던 사람들이었고, 나 또한 그들이 없었다면 나의 아픔을 드러낼 생각을 하지 않았을 것이다.

세상에 잊을 수 없는 고난과 시련이 있다면 그만큼 잊을 수 없는 용기도 있는 법이다. 세상일은 예상대로 흘러가지 않는다. 그럴 때마다 우리는 불안과 두려움이 얼마나 작은 존재인지를 깨닫는다.

세상은 어쩌면 연결되어 있을지도 모른다. 그들을 보며 그런 생각을 했다. 잊을 수 없는 아픔을 겪었을 땐 늘 혼자라고 생각했지만, 생각보다 그 아픔을 겪을 수밖에 없는 사람들이 많아서 우리는 그렇게 서로의 세상에 초대될 수 있었다. 삶이 조금 더 다채로워지는 것 같았다.

우리에게는 저마다 보이지 않는 이야기가 있다. 우리가 이야기를 시작하려는 용기를 낸다면, 절대 이야기를 나눌 수 없을 것 같던 사람과도 가까워질 수 있고, 절대 이해할 수 없을 것 같던 것도 이해할 수 있다.

가끔 손님이 없으면 매장 문을 닫고 밤이 깊도록 이야기했다. 대화를 통해 우리가 함께 걸어갈 수 있음에 감사하면서. 그렇게 괴롭기만 할 줄 알았던 기억의 잔재는 또 다른 타인과 많은 부분을 이어주었다.

내게 도움을 주었던 또 다른 이들은 따뜻한 마음으로 곁에 있어 준 사람들이었다. 그들은 내가 좌절하고 절망해서 모든 걸 포기해 버리지는 않을까 염려했다. 그리고 내가 희망을 잃어버리고 정처 없이 살아갈까 봐 세심하게 지켜봐

주었다.

타인을 온전히 이해할 수 없음에도 손길을 내미는 그들은 참 신기하고 강한 사람들이었다. 언제나 대화의 마지막은 희망이었는데, 선하고 따뜻한 사람들이 내게 원한 건 그저 내가 희망을 품는 것이었다.

"비록, 어려운 시기를 지나고 있지만, 이 산을 넘으면 보지 못했던 새로운 풍경이 보일 수 있어요."

"신이 준비해 놓은 삶 가운데 어떤 이유가 있을 거예요."

처음엔 그들의 말이 싫었다. 나의 고통을 이해하지 못한 채 던지는 말이라고 생각했고 가끔은 그들에게 뾰족한 말이 나오기도 했다.

결국 어느 날 나는 그 말에 반항하듯 질문을 던졌다.

"그럼, 희망을 품으면 이 터널이 결국 끝은 나나요? "

이 어둠이 언젠가 끝이 날지, 이 괴로운 시간이 정말 끝나는 날이 오긴 올지, 계속 손길을 내미는 그들에게 물어보았다.

나는 모호하고 불확실한 희망보다 그게 더 궁금했고, 더 중요하다고 말했다.

"터널이 왜 터널이겠어."

그러고는 내게 웃으며 말했다.

"처음과 끝이 있으니 그걸 터널이라고 부르는 거지."

모든 것이 그러하듯 이 아픔도 언젠가 끝이 도래할 것임을 덧붙였다. 긴장하고 경계하며 세운 벽을 속절없이 무너뜨리는 말이었다. 정말 그럴 수 있다면, 나는 현재를 버텨낼 수 있을 것 같았다.

결국, 나는 그렇게 희망을 품으라고 말하던 사람들에게 졌다. 그걸 인정하고 나자 시간의 힘은 결국 나를 이끌었고, 어느새 나는 희망을 꿈꿨으며, 그렇게 절망의 터널에서 온전히 빠져나왔다.

누군가는 사랑과 헌신이 비합리적이고 비효율적이라고 하지만, 나는 이제 이 말에 동의할 수 없다. 그 마음이 있었기에 내가 있을 수 없는 이 자리에 도달했고, 이 자리는 오로지 나의 몫으로만 된 것이 아니기 때문이다.

터널에서 나를 빠져나오게 한 그 힘은 내게 흘러왔던 아주 작은 마음이었지만 그 결과의 가치는 무한하게 펼쳐졌다. 그래서 나는 사랑이 생명에게 부여받은 가장 큰 힘이라고 말하고 싶다. 누군가의 회복과 치유는 또 다른 누군가에게서 비롯된 사랑으로 일어난다.

겨울을 견뎌야만 봄이 오듯 어려움이란 것은 모두의 인생에서 꼭 필요한 부분이 아닐까 싶다. 삶에서 절대 만나지 않았을 것 같은 사람을 만나게 되고, 이해하게 되었던 것처럼.
지금의 나는 이 과거의 여정 속에서 많은 사건과 상처를 겪었던 것이 분명한 이유가 있음을 느낀다.

별을 찾기 위한 여정

그러니 이 희망을 믿는 것은 온전히 자신의 몫이다.

　나를 둘러싼 많은 생각과 감정을 정리하고 난 후부터 일과를 끝내고 나면 무조건 집 근처 한강에 자전거를 끌고 나갔다. 밤하늘의 쏟아지는 별들과 도시의 빌딩 숲 풍경을 지나쳤다.

　밤엔 보통 선선한 바람이 불었다. 옆에는 강물이 반짝이며 흘러갔다. 1시간, 2시간 3시간…. 계속 혼자 자전거를 탔다. 그렇게 운동하며 수많은 생각을 다잡고 나서야 비로소 나는 잠이 들 수 있었다.

　또 나는 살아 내기 위해 결혼 초반부터 시작했던 심리상담과 관련된 공부를 본격적으로 깊게 파고들기 시작했다. 그렇게 나에겐 본격적으로 변화가 시작되었다.

　이후 사업을 이어 나가면서 많은 사람을 만나고 다양한 사연을 만났다. 그러면서 사람이란 모두 다르고 얼마나 입체적인지 생각하게 되었다. 모든 사람은 겉으로 보이는 것과 다른 삶을 살아간다.

나의 이야기를 하기까지 얼마나 오랜 시간이 걸렸는지 모른다. 나의 아픔을 제대로 이야기하기까지, 단순히 책을 쓰는 몇 년이 걸린 것이 아니라 생각보다 매우 오랜 시간이 걸렸다.

당신도 삶의 무너진 자리에서 울어본 적이 있는가?

혹은 너무 많이 사랑했기에, 너무 많이 노력했기에, 또 너무 많은 것을 내어 주었기에 너무 많은 것을 도려내야 했던 적이 있는가?

무언가 사랑했던 경험이 후에 큰 상처를 남겨서 다시는 반복하지 않겠다고 결심해 본 기억이 있는가?

오랜 시간 함께했던 존재를 떠나보낸 적이 있는가?

우리가 영원할 수 없다는 사실에서부터, 유한함이 태워버리는 고통과 괴로움에서, 무엇이라도 채워 넣고 싶어 하는 갈증을 느껴본 적이 있는가?

우리가 얼마나 영원할 수 없는 존재인지, 지금도 먼지처럼 태워지고 있는 우리의 유한함에 허망함을 느껴본 적이 있는가?

노력했으나 얻지 못했고, 치열했으나 변화하지 못했던 적이 있는가?

치열했던 자신을 싫어해 본 적이 있는가?

세상에서 그 누구보다 자신을 싫어해 본 적이 있는가?

티끌만 한 내 존재와 어울리지 않는 거대한 좌절감을 감당해 본 적이 있는가?

그렇게 당신의 삶에서 넘을 수 없는 산을 만날 때가 있다. 그건 누구에게나 주어지는, 삶에서 반드시 헤쳐 나가야 하는 관문이기도 하다.

많은 사람을 만나고 나서 보니 어려움이 없는 삶이란 없었다. 그 어려움은 누군가의 세상과 반드시 연결되어 있어

한 사람이 타인이란 존재를 완전히 이해한다는 것은 불가능하지만 우리에게 이해와 공감이라는 단어가 존재하게 된 이유가 되었다.

　우리에게 연결된 이 삶의 어려움이란 마치 산과 같아서 우리는 그 산 앞에선 크든 작든 모두 똑같은 사람이 된다. 인간은 모두 삶에서 마주한 문제의 산에 힘겹게 올라가고 싶지 않고, 직면하는 것 또한 힘들기 때문이다.
　하지만 그 산은 우리의 인생에 반드시 찾아오며 한 번으로 족한 시련이 아니다.

　문제에 직면했을 때는 산맥과 그 봉우리가 굽이굽이 이어지듯 삶도 이어지는 것이기에 반드시 헤쳐 나가야 하고 삶의 변화를 위한 도전을 받아들여야 한다.
　그렇게 우리는 삶의 고난 앞에서 항상 선택한다.
　다시는 하지 않겠다던 사랑을 선택하고, 삶의 안정만을

별을 찾기 위한 여정

추구했다가 또다시 열망을 선택하기도 한다. 죽도록 미워했다가 결국 용서하는 선택을 하고, 모든 것을 포기해 보았다가 다시 도전하는 선택을 한다.

 그 산 앞에만 서면 무섭고 두렵다. 혼란스럽고 불안하며, 평소에 평온하게 유지했던 모든 것들도 넘어야 하는 인생의 산 앞에서는 그렇다. 평정심을 잃고 무너지기도 하고 요동치고 흔들리면서 우리는 다시 선택을 번복한다.
 넘기 전에는 그 산 너머를 알 수 없기에 우리는 계속 반복한다. 그건 몇 번의 산을 넘어 성취의 경험이 있는 사람에게도 매번 똑같다. 항상 새로운 산 앞에서는 그 산 너머에 무엇이 있는지 모른다.

 다만, 우리는 인생의 고비와 같은 그 산을 혼자 등반하지는 않는다.
 그 길의 동행은 누군가의 선의일 수도 있고, 성인의 말씀

일 수도 있으며, 끊임없는 생각 속에서 유영하다 강하게 떠오르는 깨달음일 수도 있고, 내가 가지고 있지 않은 것을 가진 누군가의 날카로운 지적과 가르침일 수도 있다.

그 모든 것의 결론은 같다.

당신만의 그 산을 직면하라. 그리고 세상에 이미 많이 나와 있는 적절한 선택을 해라.

오르지 않는 것은 당신의 삶을 낭비하는 것이다.

선택해야 할 것은 이 산을 넘느냐, 넘지 않느냐가 아니다. 이 산 너머 희망을 볼 것인지, 뒤돌아설 것인지이다. 이 결단과 의지는 누구도 대신할 수 없는 각자의 몫이다.

이 모든 결론은 우리를 힘들고 고통스럽게 만든다. 그러나 우리는 이미 이 사실을 알고 있다.

넘어야 하는 인생의 관문 앞에서 우리의 삶과 내면이 얼마나 무너져 있는지, 무너져 가고 있는지.

별을 찾기 위한 여정

그래서 이대로는 안 된다는 것을, 삶의 변화가 필요하다는 것을, 계속 우리의 삶과 내면을 망치는 이 산을 반드시 넘어야 한다는 것을 우리는 안다.

심지어 이러한 산을 정복해본 사람들도 그 너머에 어떤 보상이 기다리고 있는지 알고 있어도 매번 같은 마음이다. 모두가 여전히 그 산을 회피하고 싶어 한다.

회피하면 회피할수록 해결해야 할 삶의 문제는 점점 더 크게 느껴지고 더 두렵게 다가올 것이다.

누구도 산 앞에서 두렵지 않은 사람은 없다. 아무리 경험과 배경, 완벽한 요소들을 갖추었어도 마찬가지다. 그렇기에 세상은 각자의 어려움이 주어진다는 점에서 모두에게 똑같고 공평하다.

그렇다면 결국, 우리의 선택은 같다.

우리는 모두 그렇듯 절망적인 삶의 순간에서 우리가 할

수 있는 모든 것을 시도한다. 도망치기도 하고, 직면하기도 하며, 오르려는 발걸음을 뗐다가 다시 돌아오기도 하는 모든 선택과 노력을 한다.

그것이 우리의 삶이며, 다른 인생의 자리에서 시작했지만 동일하게 갖는 삶의 본능이다.

물론, 때로는 잘 기다리고 스스로 돌아보는 것도 지혜다. 그 산은 냉정하게 보면 당신만이 오를 수 있어서 지금 당장 올라야 하는 게 아닐 수도 있다.

삶의 개화 시기가 다르듯 산을 넘을 수 있는 때는 모두 다를 수 있다. 그러므로 모든 준비를 마친 뒤, 오를 준비가 되었다고 충분히 느낄 때 산을 오르면 된다. 삶의 문턱과 같은 그 산을 오를 수 있도록 단련하고 훈련하는 시간도 필요하다는 뜻이다.

준비하는 시간이 얼마나 소요될지는 아무도 모른다. 오로지 자기 자신에게 달렸다. 충분히 준비하고 훈련되었다면,

결심이 서는 어느 날, 자연스럽게 산을 오르고 싶은 마음이 드는 날, 그런 날이 올 것이기 때문이다.

마침내 정상에 오르게 되면 알게 된다. 모든 것에는 과정이 있으며, 모두의 인생에는 변화되고 성장하는 구간이 반드시 있다는 것을. 희망이란 하늘에 펼쳐져 있는 별처럼 무수하고, 내 고통의 반동처럼 달콤한 기적들이 얼마나 많은지를.

그제야 정상에서 펼쳐지는 풍경을 보며 자신이 두려워했던 문제가 생각보다 별거 아니었음을 느낄 수 있다. 우리가 비로소 그 산을 오르기 시작하고, 그 산에 속해 있어야만 보이는 영역이다.

결국 삶의 어려움은 넘어가 보기 전엔 모른다. 반드시 자기만의 산을 넘어야 삶의 의미를 알 수 있다. 그 후 비로소 보지 못했던 것들이 보이고 삶의 새로운 가치와 인연들의 문도 열린다.

무수한 실패와 성공, 우연히 만나는 선의와 행운, 내 선택으로 얻는 성취와 교훈, 방황하다 만나는 인생의 깨달음과 사랑, 넘고 넘으면서 점차 뚜렷해지는 자신만의 가치관, 그 북극성, 그리고 그 고유한 빛.

타인이 따라 할 수 없고, 절대 훔칠 수 없으며, 오로지 당신만이 가질 수 있는 재능이 그 산 너머에 있는 당신의 별에서 기다리고 있고, 그 너머에는 놀라울 정도로 빛날 당신의 미래가 있다.

산을 오른다는 건 누구나 회피하고 싶은 인생의 숙제지만 모두 자기만의 산을 넘어설 수 있게 되기를, 그리고 새로운 희망을 만나게 되기를 바란다.

빛과 희망의 그림자를 따라서

시간이 꽤 흘러 오랜만에 만난 사람들은 내 얼굴에 생기가 도는 걸 보며 놀라워했다.

"어머, 도대체 무슨 일이야. 얼굴이 어쩌면 이렇게 달라지고 표정이 좋아졌어! 분위기가 신기하게 너무 밝아졌다. 무슨 좋은 일 있어?"

이런 이야기를 들을 때면, 나도 어느새 많은 것들이 괜찮아졌음에 새삼 감사한다.

별을 찾기 위한 여정

매일 한강에서 자전거를 타며 운동하고, 꾸준히 새로운 분야로 가기 위해 꿈을 꾸고 공부하며 이뤄낸 지루한 반복의 산물이었다.

나는 회복에 대해 진부하게 들려오는 공식 같은 이야기들을 몸소 체득하며 회복을 위해 애썼다.

잘 해내던 중에도, 이제는 괜찮아졌다고 생각될 무렵에도, 순간 솟아오르는 아픈 기억들에 감정이 과거의 어딘가로 떨어지기 일쑤였지만 그 순간마다 현재로 돌아오기 위해 노력했다.

"그래요? 정말 얼굴이 폈어요? 최근에 그 말 되게 많이 들어요. 이젠 좀 행복하게 사는 것 같아요."

온전히 현재에 집중하며, 현재의 순간 속에 살아가게 되면서부터 나는 다시 웃을 수 있었다. 자신을 잃어버리고 과거의 기억과 감정 속에 매몰되는 것이 아니라 내게 주어진 것들, 부족하지만 나 그대로, 내가 서 있는 내 자리에 집중하는 힘이 있었다.

"사장님, 오늘 꽃은 뭐가 있어요?"

"전에 왔을 때랑 비슷하지? 요즘 바빠서 꽃 시장에 못 갔어. 아, 지금 꽃들은 좀 오래돼서 마음에 들면 싸게 줄게."

나는 종종 친하게 지내는 이웃 사장님네 꽃집에 들렀다.

"와, 고맙습니다. 뭘 고를까? 이거 예쁘지 않아요?"

눈앞에 바로 보이는 풍성한 수입 장미를 보면서 나는 사장님의 미소를 따라 활짝 웃었다.

이혼 이후 나에게 유일하게 남은 패션 편집 숍은 코로나와 맞물려 금방이라도 접게 될 줄 알았는데, 어려운 시기를 버텨낸 이후 감사하게도 생계의 터전으로 안정적인 매출이 발생하기 시작했다.

매장의 외관은 화려하고 고급스러웠지만, 내부는 서로 친근한 대화를 나누게 되면서 일상의 따뜻한 놀이터로 변모

했다. 사람들과 깊이 인연을 맺고, 마음 나누는 것을 좋아하는 내게 매장 운영은 큰 배움과 성장의 기회가 되어 주었다. 사람들은 외관과 달리 안에서 이루어지는 의외의 대화에 매력을 느꼈고, 점점 단골도 많아졌다.

그곳은 처음 오픈했을 때만 해도 매출이 어려운 곳이라며, 부동산에서 가망이 없다고 한 곳이다.

주변이 허허벌판이던, 개발되기 전의 거리에서 나는 떠밀리듯 매장을 오픈했다. 그런 나를 주변에선 걱정도 했고 바보라고도 했다. 내 속사정을 잘 모르는 사람들은 아무렇지도 않게 '분명히 몇 달도 버티지 못하고 접게 될 거야.'라고 수군거렸다. 하지만 내가 가지고 있는 자본과 현실적인 상황을 고려했을 때 그게 최선이었고, 할 수밖에 없었던 선택이었다.

"지현 씨 보면 정말 신기해. 사실 내가 봤잖아. 지현 씨 매장이 처음에 어땠는지."

매장의 첫 오픈부터 지금까지 모든 과정을 지켜봤던 꽃집 언니는 어느새 다양한 손님들이 찾아오는 맞은편 매장을 보며 이야기했다.

"정말 세상엔 각자의 자리란 게 있나 봐."

나는 그 말에 눈을 동그랗게 떴다. 꽃집 언니에게 종종 북극성 이야기를 했지만 흥미롭게 듣긴 해도 그것에 진심으로 동의한 적은 없었기 때문이다.

"어쩌면 정말 지현 씨 말 그대로 세상에서 각자의 위치에서 빛나기 위해 세상의 행운과 축복이 따라오는 것 같네."

꽃을 고르다 말고 마주한 언니의 얼굴은 사뭇 진지했다.

나는 삶에서 마주친 여러 어려움을 거친 후에는 흔히 세상에서 이야기하는 성공의 길과 방법을 목적으로 삼지 않았다. 내가 그 방향으로 계속 지키며 따라가는 삶의 가치관이 때로는 사회에서 말하는 단순히 성공하기 위한 것들은 아니었다.

　나답게 주체적으로 산다는 것은 자칫 잘못하면 내 멋대로 산다는 것, 내가 좋아하는 취향만 따르는 것이라고 오해할 수 있다. 하지만 북극성이란 것은 반드시 세상에서 이야기하는 물질이나 명예, 성공이 아니어도 내가 그 방향으로 계속 지켜가며 따라가는 삶의 가치관이다.

　그래서 나는 어려움이 닥치고 상처를 받는다고 해도 내가 믿고, 의롭다고 생각하는 선택을 해 왔다. 삶의 끝자락으로 내몰린, 어떤 긍정적인 미래마저 그릴 수 없는 상황에서도 마찬가지였다.

　벼랑 끝에서 아무것도 보이지 않는 상황이라면, 그래서 한 줄기 희망이나 빛조차 보이지 않는다면, 그 빛의 그림자라도 따라가야 한다. 그림자라는 것은 실체가 아니지만, 따라가다 보면 그림자의 실제 주인공을 만날 수 있으니까.

　우리는 각자의 자리에서 태어난 이유가 분명히 있기에 포기하지 않고 어떻게든 살아가야 하는 존재다. 그렇다면 빛과 희망의 그림자라도 따라가려는 의지가 필요하다. 적어도 그렇게 사는 사람이 그렇지 않은 사람보다 더 많은 것을 얻을 수 있기 때문이다. 나는 그걸 알았고, 믿었다.

나는 굳이 언니의 말에 별다른 말을 더하지 않았다. 단골 손님들이 찾아오는 맞은편 매장, 이젠 웃고 떠들며 타인을 위해 꽃을 사 가는 내 삶만으로도 충분히 답이 되었으니까.

나는 예쁘고 풍성한 수입 장미들을 골라 정성껏 포장된 꽃다발 두 개로 나눴다. 눈부신 햇살 아래에서 피어난 꽃다발만큼 행복하고, 내 삶도 충분히 빛나고 있었다.

꽃집 언니에게 구매한 두 개의 꽃다발은 친한 이웃 카페 사장님과 레스토랑 사장님에게 각각 전해주었다. 예상치 못한 꽃 선물에 두 사람은 정말 좋아했다.

그리고 나는 그날 점심을 간단히 때우려 홀로 떡볶이를

시켜 먹었다. 처음 도전해본 떡볶이집이었는데 완전히 실패했다. 떡은 전부 불어 배달되었고, 맛도 없어서 너무 화가 났다.

만족스럽지 않은 떡볶이에 기분이 나빠진 채 업무를 시작했다. 매장 직원과 밀린 업무를 처리하면서 오늘 꽃집 사장님과 있었던 이야기와 맛없던 떡볶이에 대해 이야기했다.

의류 사업에 관심이 많던 그 직원은 착실하게 나에게 일을 배워 나가고 있던 시기였다. 나는 누군가를 고용하더라도 내가 진심으로 마음을 나누고 상대의 삶에 어떤 의미가 되고 싶었다. 잠시 머무르고 갈 인연일지라도 내 삶에선 그런 관계와 인연으로 송두리째 삶이 달라지기도 했고, 살아나기도 했기 때문이다.

하지만 이런 나의 가치관은 어쩌면 세상 사람들과는 잘 맞지 않았는지도 모르겠다. 보통의 피고용자에게 고용자는 단순히 돈을 버는 수단이니까.

그래서 간혹 누군가는 이 생각이 너무 낭만적이고 비현실적이라고도 했지만, 나는 그것이 살아가는 정답이라는 점에 한 치의 의심도 없었다.

누군가 나에게 배우고 싶은 것이 있다고 하면 있는 그대로 내가 쌓아온 노하우도 성심성의껏 솔직하게 알려주었다. 직원에게는 궁금한 것이 있으면 편하게 물어보라고 했다. 직원은 처음에 머뭇거렸지만 나에게 일을 배우면서 점점 질문이 많아졌다.

곰곰이 내 이야기를 듣던 직원은 그날도 이렇게 말했다.

"사장님의 돈 쓰는 기준을 이해하기 어려워요."

"사장님과 지내면서 철두철미하고 남들보다 날카롭게 생각하는 모습을 많이 봤어요. 그렇지만 사장님이 산 꽃다발은 실제로 뭔가에 쓰는 물건은 아니잖아요? 근데 꽃다발은 아무렇지 않게 2만 원씩 주고 사는데, 점심으로 먹은 떡볶이에는 그렇게 화가 난다는 게 의아해서요."

별을 찾기 위한 여정

그동안 나의 여러 가지 면모를 봐 왔던 직원은 이해하기 어렵다는 표정을 지었다. 나도 직원의 그 질문엔 꽤 생각이 많아졌던 것 같다. 하지만 답 자체는 어렵지 않았다.

나는 항상 나의 가치관, 나의 기준으로 선택하고 행동해 왔기 때문이었다.

"나는 예상치 못한 꽃 한 송이로 그 사람이 사랑받고 존중받고 있다는 걸 알려주는 게 내가 혼자 먹은 떡볶이보다 더 큰 가치라고 생각해. 그게 실제론 어딘가에 쓰일 수 없는 꽃이더라도 말이야."

"나로 인해 상대가 풍요로워지는 것을 보는 것이 훨씬 가치 있고, 행복하다는 걸 느끼는 순간이 내겐 가장 중요해."

"그건 절대 돈으로 환산할 수 없는 가치니까."

직원은 돈에 대해 그렇게 이야기하는 사람을 처음 봤다며, 눈을 동그랗게 뜨고 좋아했다.

그 이후에도 그는 종종 돈의 본질이나 가치에 대해 이야기하는 걸 좋아했다. 내게 돈의 본질은 단지 유한한 가치의 물건을 소유하기 위해 지불하고, 노력하며 얻고자 하는 것이 아니었다.

당장 한국의 지폐만 해도 다른 나라에서는 무용지물인 것처럼, 돈의 가치는 상황과 환경에 따라 다르고, 나에게 돈은 삶에서 가치 있는 것들을 위해 쓰이는 도구에 가깝다.

"사장님, 그럼, 직원들한테는 왜 이렇게 잘해주고, 굳이 도와주려는 거예요?"

영업을 마치고 문 닫을 시간이 되었을 무렵 직원은 또 질문을 했다. 매장 옆, 나무가 우거진 산책로는 선선한 바람이 불었고, 화창한 낮에 이어 달이 뜨는 밤에도 구름 한 점 없이 맑았다.

"잘해줬다고? 뭘?"

매장 문을 닫고 나는 질문이 바로 이해되지 않아 직원의 표정을 살폈다. 그는 바로 이해하지 못한 내 표정을 보더니 조금 당황한 것 같았다.

"아, 아니 제 말은 원래 직원을 쓰면서 매번 이렇게 사장 님이 알고 있는 노하우나 경험을 알려주고, 챙겨주고 하는 지 궁금해서요. 보통은 안 그러잖아요. 쉽지 않은 일이니 까요."

직원은 말을 덧붙였다.

"경쟁 사회잖아요. 잘해준 직원들이 사장님한테 어떻게 할 줄 알고…. 그러니까 제 말은 직원들이 사장님을 배신하 는 게 무섭지도 않으세요?"

"그냥 믿는 거지. 그러지 않을 거라고."

"네? 뭘 보고 타인을 그렇게 믿을 수 있어요?"

직원은 나의 답변에 꽤 혼란스러워했다. 사실 나도 처음 받아보는 질문이라 또 한 번 깊은 생각에 빠졌던 것 같다. 내가 너무 당연하게 생각해 왔던 사실들이 어쩌면 다른 사람에게는 그렇지 않을 수 있다는 것도 깨달은 순간이었다.

"모든 관계는 믿음과 신뢰를 기반으로 선택한 거니까. 애초에 믿지 않고 신뢰하지 않으면, 어떤 사람과도 관계를 시작할 수 없잖아."

우리의 삶도 그렇지만 관계도 그렇지 않은가.

그건 리모컨 컨트롤러로 조정되는 RC카와 같다. 이리저리 내 삶을 컨트롤하며 내가 어떤 길로 갈지, 누구를 만날지 선택할 수 있다.

그렇지만 인연이라는 건 생각만큼 방향이 틀어지지 않을 때도 있고, 한쪽으로 쏠려서 빨리 가기도 하고, 어떤 부분에 걸리거나 배터리가 방전되어서 멈출 수도 있다.

그렇게 이리저리 조종하다 생각하지 못했던 곳에 도착하기도 한다. 새로운 문이 열리는 것처럼 관계란 새롭게 형성되고, 이해하며, 깨닫고 같이 성장하기도 한다.

별을 찾기 위한 여정

결과나 도착지는 내가 선택할 수 있는 게 아니다. 다만 삶도, 관계도, 어느 한쪽이라도 서로를 믿고 시작할 때 인연이 되고 서로를 통해 깨닫고 발견하게 되는 성장의 지점도 생기는 것이다. 타인과 나의 관계이자 우리의 삶과도 닮아있지 않은가.

"이런 사람도 있고 저런 사람도 있고 그러다 나와 맞지 않아서 끝날 수도 있겠지. 인생에서도 좋은 결과를 위해 시작부터 해야 하는 것처럼 좋은 인연도 시도해보지 않고는 알 수가 없으니까."

"믿음과 신뢰는 관계의 시작을 위한 기본 준비물이야. 모든 관계에 대한 확신은 그 이후에 여러 과정과 경험을 함께하면서 서로한테 생겨나는 거고."

"그래서 결국 그 사람이 나에 대한 믿음이 있는지 없는지는 내가 먼저 믿음을 줘 봐야 아는 거야."

모든 사람은 서로의 진심을 느낀다. 내가 상대를 믿고 존중할 때, 상대도 나를 믿기로 선택하는 게 수월해진다. 누군가가 신뢰하는 관계의 첫 시작을 끊어야 깊은 관계로 발전도 가능하기 때문이다.

항상 그래왔듯, 나는 변함없이 내 북극성을 지표로 삼고 살아가기 위해 노력하고 있다. 그래서 더 이상 망설이지 않고, 불안해하지 않으며, 흔들리지 않는다. 나는 이 한 줄의 가치관을 믿는 사람이다.

"왠지 사장님과 만난 게 저에겐 변화의 시작이 될 것 같아요."

내 답변을 듣던 직원은 한참 뒤 그렇게 답했다.

나는 내가 어느덧 이 모든 우여곡절의 과정을 뚫고 누군가에게 영향을 줄 수 있다는 사실에 기분이 묘했다. 그건 북극성을 좇아온 내게 별이 답해준 삶의 선물과도 같은 말이었다.

별을 찾기 위한 여정

구름 한 점 없던 그날, 밤하늘엔 나의 별이 세상에서 제일 밝게 빛났다.

나는 그 이후 글을 쓰고, 강연과 콘텐츠를 만들며 투잡, 쓰리잡으로 바쁘게 돌아가는 일상을 보내고 있다.

다사다난한 인생의 굴곡, 가령 거대한 부의 세계와 화려한 패션의 세계, 또 세계의 다양한 나라와 그다음 찾아온 극심한 어려움의 세계도 경험했다. 그래서 건강한 사회인이 될 수 있는 사람들과 함께 커뮤니티를 형성하고, '사회적 활동의 회복과 복귀를 돕는 심리 지원 교육 프로그램'을 제작하여 센터 운영과 함께 진행하고 있다.

또한 현시대의 사회적 이슈를 여러 미디어 콘텐츠와 프로그램을 통하여 '건강한 소통 능력 향상'과 '사회적 활동 재개'를 위한 강연도 한다.

사회적 사명감으로 앞서 등장한 직원과 함께 사업을 확장해 나가고 있으며, 'CMS community center' 대표 및 '커뮤

니케이션 전략 강연가'로 살아가고 있다.

최근 나의 최대 즐거움은 변화되어 가는 사람들을 바라보는 것이다. 거기서 일어나는 개인의 삶 변화가 결국엔 한 그룹의 변화, 한 공동체의 변화가 되고, 사회의 변화로까지 이어질 수 있다는 희망이 보일 때가 가장 큰 즐거움이자 삶의 목적이다.

처음에도 말했지만, 바쁜 삶 속에서 살아온 이야기를 글로 쓰는 데는 많은 고민과 걱정이 있었다.

나의 경험을 꺼내야 할 이유가 무엇인지, 나의 아픔을 말해야 할 이유가 무엇인지….

어떤 일을 시작하거나 도전해야 할 때 나는 생각보다 정말 많은 이유와 의미를 찾는다. 그 의미로 움직여지는 역동적인 사람이기에, 유의미한 가치가 중요한 나로선 꼭 필요한 고민이었다.

별을 찾기 위한 여정

책을 쓰기로 한 건 결국 내가 어느덧 누군가에게 변화의 시작이자 그 시작에 불을 붙이는 사람이 될 수도 있다는 사실을 깨닫게 된 그날부터였다.

어쩌면 특별하고 의미 있는 타인들의 도움으로 헤쳐 온 다사다난한 내 삶이 누군가에게는 그동안 없었던 한 줄기 빛이나 전환점이 될 수도 있다는 생각이 들어서였다.

많은 사람이 타인에게 보이는 것, 자기 눈에 잡힐 수 있는 것만 좇는 것 같다. 우리 사회는 '평균 실종', '평균 과잉'으로, 보이는 것에 중독되고 집중된 채 살아가고 있는 건 아닐까? 스스로 무엇을 원하고, 추구하며, 어떤 목적으로 바라보는지에 대해 생각할 힘조차 빼앗겨 버린 기분이다.

그 어느 때보다 정보가 넘치는 시대지만 자기 안에 있는 답을 바라보거나, 찾아내거나, 만들어 가는 이야기가 없었다. 누군가의 삶을 통해 진정성 있는 위로나 선택을 들여다볼 수 있는 메시지도 많이 없는 것 같다. 무엇보다 그것에 대해 딱히 질문하지 않는 사회가 안타까웠다.

　그래서 나는 눈에 보이지 않는 것을 말하고 싶었다. 원래 중요하고 진실한 본질은 보이지 않기 때문이다.

　중요한 것은 감춰 있고 숨겨져 있다. 그것이 자연스럽고 순리적이다.

　그건 마치 심장과 같다. 가슴 가장 깊은 곳에서 은밀하게 뛰고 있는 심장 말이다. 그만큼 보이지 않게 숨겨져 있는 것은 그것이 곧 우리 생명의 핵심이기 때문이다.

　보이는 것으로만 판단하면 놓치는 것이 많아진다. 심장을 꺼내 볼 수 없지만, 그 고동을 느낄 수 있듯 내가 말하는 북극성은 세상에 이미 나와 있는 진부한 말 중 하나일 수도 있지만, 그래서 단순히 눈으로만 좇을 수 없는 것이다.

　내 안의 진정한 가치가 무엇인지, 내 안의 진정한 자아는 어떤 사람인지, 내가 얼마나 나만의 고유한 빛을 지닌 귀한 존재인지, 내가 얼마나 소중한 빛과 희망을 내면에 품고 삶의 목적을 갖게 된 사람인지….

여기에 대해 확신이 있어야 진정한 주체적 나로서 삶의 중심이 잡히며, 자신 있고 자존감 높은 자아가 만들어진다. 그 후에는 남들에게 보이는 모습이 어떤 모습이든, 어떤 환경이든, 있는 그대로 만족하고 감사하게 되어 진정으로 자신감 있는 사람으로 성숙해질 수 있다.

그러면 다른 사람을 볼 때도 그 사람의 내면이 보이게 된다. 타인의 진정한 자아와 가치관, 더 나아가 먼저 그 사람의 북극성이 무엇인지 자연스럽게 보이는 것이다.

그건 그 사람이 어떤 옷을 입고, 어떤 가방을 들고, 어떤 차를 타고 다니는지, 어떤 수준의 생활을 하고 있는지, 그런 조건과 환경적 요소를 뛰어넘어 있는 그대로를 본다는 의미이다. 그때 비로소 함께 서로의 내면으로 이루어지는 진정성 있는 소통을 할 수 있다.

진정한 서로의 가치를 아는 사람들과 만나면 그 관계는 특별해진다. 그 의미들을 함께 해 나가고 싶은 사람들이 협력하며 그 수는 점점 더 많아지고 공동체로 연합하여 번창할 수 있게 된다. 그건 겉으로 보이는 것과는 비교할 수 없는 큰 힘을 발휘한다.

지금까지도 무수한 선택을 해 온 당신 삶의 길목에 이 책을 둔다. 어쩌면, 당신 삶의 길목에서 우연히 마주친 변화의 시작이 되길 바라면서 말이다.

나는 이 빛을 좇는 여정에 당신을 초대한다. 새로운 길의 문을 여는 것은 오로지 당신에게 달려있으니까.

당신은 앞으로 어떤 사람이 되고 싶은가?

별을 찾기 위한 여정

4

Chapter

당신만의 선택이
모든 것의 열쇠가 된다

Choice is
the key,
make your
own choice

선택은 관점과
삶의 가치에서 시작된다

우리는 '인생에서는 어떤 선택을 하는지가 가장 중요하다.', '순간의 선택이 삶을 만들어 나간다.' 등과 같이 선택의 중요성에 관한 많은 이야기를 들으며 살아간다.

그렇다. 어떤 선택을 하는지에 따라 인생은 달라진다. 더 나은 방향으로 삶의 환경이 바뀔 수도 있고, 더 나쁜 상황에 직면할 수도 있다.

선택에는 명확한 기준이 필요하다. 지금의 현재가 과거

선택의 결과로 이루어진 만큼, 눈앞의 조건들을 보고 선택하는 게 아니라 지향하는 미래의 모습과 그에 맞는 방향성을 기준으로 선택하는 것이 중요하다. 또한 삶의 우선순위와 같은 자신만의 가치관이 명확하게 확립되어야 한다.

내가 이 책에서 하고자 했던 선택 이야기는 일상 속 단순하고 소소한 선택이 아니라, 인생의 판을 바꾸고 변화시킬 만큼 중대한 결정과 관련된 선택들에 관해서이다.

우리는 선택 앞에 섰을 때, 현재의 삶을 더 나은 방향으로 이끌기 위해 그리고 지금보다 나아지고 행복해지기 위한 결과를 얻기 위해 부단히 고민하고 갈등한다.

누구도 결코 불행해지기 위해 선택하지 않는다. 선택은 삶의 주인으로서 인생을 만들어 나갈 수 있도록 공평하게 주어진 자유의 특권이자, 삶의 새로운 기회를 열어 주는 축복의 의미이다.

인간이 서로 다른 삶의 형태와 모습을 지닌 것처럼 각자 느끼는 좋은 선택과 나쁜 선택의 기준 또한 다르다.

그러나 객관적으로 현명하고 지혜로운 선택을 하는 사람들은 자기 삶에 대해 뚜렷하고 분명한 생각과 가치관을 갖고 살아간다.

선택의 기준처럼 삶에 대한 '주체 의식'이 없다면 사회가 정해 놓은 틀에 맞추고, 타인이 만들어 놓은 기준에 맞추며 살아갈 수밖에 없다.

마치, 누군가 '맞다'라고 이야기하고 요구되는 기준에 따라 시키는 대로 하는 인형처럼 살아가는 것과 같다.

선택하기 전에 우리가 함께 생각해야 하는 중요한 요소들이 있다. 먼저, '선택'이라는 단어를 떠올릴 때 느끼는 각자의 관점에 관해서이다.

인생을 살다 보면 부정적인 결과가 예상되는 상황을 마주하게 되거나, 빤히 보이지만 어떤 선택이라도 내려야만 하는 열악한 환경에 처하는 순간들이 찾아올 때가 있다.

내가 결정한 선택의 결과가 예상했던 것과는 다르게, 혹은 그보다 더 최악의 결과로 나왔다고 상상해보자.

그러면 원망과 좌절 같은 부정적인 생각과 삶이 어쩌다 여기까지 오게 되었는지, 쉽게 모든 것을 포기하고 싶은 마음이 든다. 그리고 무기력해지거나 수동적인 결정이 나도록 선택 자체를 회피하기도 한다.

선택을 생각하면, 혹은 선택 앞에 서면 두렵고 피하고 싶은가? 선택을 내리기도 전에 선택을 어려워하고 망설이게 되는 이유는 원하지 않는 부정적인 결과가 나올까 봐 먼저 염려하기 때문이다.

설령 자신이 선택한 결과로 최악의 상황이 오더라도 실패한 사람으로만 남거나 그 결과를 끝으로 삶이 멈추지는 않는다.

그 결과가 새로운 성장을 위한 삶의 변화를 내딛는 발판이 될 수 있고, 그 과정에서도 깨닫고 배울 수 있는 감사한 일들이 분명히 존재한다.

이런 순간에서도 삶 자체를 포기하거나, 방관하는 것은 모든 사람이 원하는 삶의 방향이 아니다.

모든 선택의 이유는 더 나은 삶, 새로운 긍정적인 변화, 행복 등이다.

과거와 다른 새로운 선택을 하고 싶다면, 현재 어려운 환경을 탈피하고 싶다면, 자신의 선택을 새로운 변화의 기회로 바라보는 긍정적인 마음이 필요하다.

선택을 두려움 대신 희망의 기회로 바라보고, 미래에 대해 긍정적으로 사고할 수 있어야 한다. 무엇보다 과거의 실패로 만들어진 부정적인 관점을 바꾸는 것이 필요하다.

'관점'은 외부 환경이 바뀌어야만 변화되는 것이 아니다. 자신이 어떠한 생각과 가치관을 가질지 선택하고, 어떤 방식으로 세상을 바라볼지에 대한 관점이 먼저 변해야 한다. 그래야 외부 환경을 바꿔 갈 수 있다.

오랜 시간 새겨진 자신의 고정관념에서 벗어나, 새로운 시각을 갖게 되면 우리의 자화상 또한 새롭게 인지되어 시야가 확장된다.

자신의 관점에 따라 일생을 살아가며 어떻게 세상을 느끼고 바라볼지를 정하기 때문에, 생각과 태도가 바뀌는 변화의 출발이 필요하다.

지금, 이 순간 더 나은 선택을 내리는 사람이 되고자 이 책을 보고 있다면, 이 또한 자신의 관점을 변화시키고자 하는 노력일 것이다.

그러므로 지금도 당신의 관점은 변화될 수 있고, 당신의 삶 또한 긍정적인 방향으로 변화되고 있다고 할 수 있다.

가보지 않은 길은 잃어버리기 쉽지만, 그 길을 계속 탐방

하고 찾아가다 보면 결국 경험이 쌓여 길을 잘 찾는 사람이 될 수 있다. 새로운 시각으로 세상을 바라보기 위한 노력도 이와 같다.

어떠한 관점을 갖고 살아갈지 스스로 선택할 수 있는 선택권이 모두에게 공평하고 평등하게 주어졌다면, 더 나은 새로운 삶을 살 기회로, 신이 인간에게 준 '인생의 선물'이 아닐까?

선택 앞에 서 있는 당신에게

　살아가는 동안 우리는 수많은 선택의 갈림길에 서게 된다. 그리고 그 선택의 결과로 삶의 변화와 기쁨과 슬픔, 좌절과 희망 같은 다양한 삶의 장면들을 경험한다.

　인생의 의미는 단순히 이기고 지는 게임의 승부처럼 누가 더 성공하고 성취하는가에 있지 않다.

　누군가의 삶 속에서 성공과 실패를 이야기할 수 있는 기준과 성취에 대한 기준은 누군가와 비교하는 '상대 평가'로 판단할 수 없다.

　그래서 각자의 인생 속, 잘살고 있는지에 대한 평가의 기준 또한 부러워하는 타인의 삶에 자기 모습을 비추거나 사회가 중요시하는 부와 명예의 기준에 비추어 평가될 수 없다.

　우리에게는 이루고, 도달하고 싶은 삶의 목표가 있다. 그 삶의 목표는 사회적 성공을 토대로 세워지는 것이 아닌, 자기가 상상할 수 있는 최고의 행복한 삶이 지표가 되어야 한다.

　나는 사실 평범하다고 이야기하는 삶의 모습과는 다르게 살아왔다. 의도치 않게 다양한 국가에서 다사다난한 일을 경험했고, 인생의 위기를 일찍, 그리고 수없이 겪어 내야만 했다.

　이를 통해 깨달은 것은 결국 그 모든 시간은 누군가, 무엇

때문에도 아닌, 내가 과거에 내린 선택들로 인하여 이루어진 내 삶의 모습이라는 점이다.

돌이켜 보면 좋은 선택도 있었고, 후회되는 선택도 있었다. 거기에는 나를 행복하게 만들어준 결과도 있었고, 더욱 힘들고 아프게 한 결과도 있었다.

그 선택을 내린 매 순간 내가 기억하고자 노력했던 것은 나의 가치관을 기준으로 '나의 선택을 믿어주는 신뢰와 확신'이었다.

그래서 예상하지 못한 고난과 모든 게 끝난 것만 같은 최악의 위기 속에서도 포기하지 않을 수 있었고, 다시 한번 앞으로 나아가 보는 선택을 하며 이겨 낼 수 있었다.

'내가 이 땅에 태어난 이유는 고작 여기서 끝나 버리는 삶을 살기 위해서가 아니다. 반드시 내가 이 세상에 존재해야 하는 이유가 있고, 분명히 내가 갖고 태어난 나만의 특별하고 고유한 장점과 재능이 있을 것이다. 나는 반드시 이것들

을 스스로 찾아내고 발견해 낼 것이다.'

　나는 어떻게 하면 주어진 나의 상황과 환경 속에서 선택과 결과를 만들어 낼 수 있을지 고민하며, 희망을 잃지 않으려 부단히 노력했다.

　이것이 내가 이야기하는 나만의 삶의 방향성을 나타내는 지표, '북극성'이자, '고유한 빛'에 관한 의미이다.

　최상의 선택을 위한 가장 중요한 요소는 '삶을 살아가며 어쩔 수 없이 갖게 되는 미래에 대한 두려움과 불안'을 극복하는 것이다.

　지금껏 살아온 삶이 불만족스럽고, 후회되며, 비난받은 선택의 결과가 많다고 해도, 과거의 내가 미래에도 달라지지 않을 거라는 생각의 굴레에서 벗어나야 한다.

　지금까지의 모든 실패 결과를 뒤로하고 앞으로의 새로운 선택을 통하여 나의 삶이 달라질 것이라는 믿음이 필요하다.

'빛과 희망의 그림자를 따라가듯'이라는 문장처럼, 계속해서 포기하지 않고 끊임없이 시도해 나가다 보면, 언젠가는 그림자 끝의 실체를 만날 수 있고, 믿음은 어느새 현실이 되어 있을 것이다.

선택, 소통, 그리고 새로운 삶

현시대는 인류 역사상 그 어느 때보다도 모든 것이 풍족한 시대이다.

디지털 미디어가 가장 발달했고 인류가 편리하게 누릴 수 있는 산업화가 이루어진 시대이다. 이러한 시대 속 '선택'이라는 단어는 때로는 살아남기 위한 생존의 수단, 도구와 같이 느껴지기도 한다.

어떻게 하면 경쟁이 치열한 사회 속에서 조금이라도 더 나은 삶을 살 수 있을지, 끊임없는 선택의 갈림길에 있기 때문이다.

선택의 갈림길에 선 우리는 결심이 필요한 순간을 수없이 맞이하며 사는 사람들이다.

어떤 태도로 오늘의 삶을 살아야 할까? 삶의 환경이 크게 바뀔 기미도 보이지 않고, 새로운 변화를 도모할 외부적, 내부적 동기도 크게 없다 보니, 기대할 것 하나 없이 무미건조하게 매일을 살아가고 있는지도 모른다.

하지만 우리는 외부 공격 요인에도 흔들리거나 동요되지 않고 오늘 당장 할 수 있는 '삶에 대한 나의 최선'을 다해 살아가야 한다.

눈앞에 주어진 오늘의 일상에서 내가 사랑할 수 있는 것들을 찾아 사랑을 느껴보는 태도, 아무리 작고 사소한 것에도 감사하려고 노력하는 마음의 태도가 새로운 삶의 변화를 만든다.

삶을 대하는 이러한 노력이 모여 태도가 되고, 태도는 점차 쌓여 어느새 습관으로 자리 잡게 된다. 그리고 이 습관으로 만들어지는 새로운 삶의 경험들은 단계적 성취를 가져온다.

그리고 성취의 기억들이 모여 결국 한 사람의 단단하고 높은 자존감과 자신감을 형성한다.

내가 생각하는 진정한 자존감의 의미는 자신이 처한 환경 속 어떤 외부의 판단과 비난의 공격과 상관없이 끝까지 스스로가 귀한 존재임을 믿어주고 아껴주는 것, 삶에서 여태껏 해온 노력에 좌절하지 않고, 포기하지 않는 것이다.

어떤 사람으로 인정받으며 사는가가 인생의 전부가 아니듯, 자신의 존재 가치도 결코 다른 누군가의 기준으로 평가될 수 없다.

인간은 사회에서 자신의 존재를 인정받고 타인과 연결되

어 살고 싶어 한다. 이는 인간의 '본능적 욕구'이자, 모두에게 필요한 '욕구 충족의 조건'이다.

그러나 건강한 자존감으로, 현시대의 사회 속에서 인정받는다고 느끼며 사람들과 건강한 관계를 맺고 살아가는 것이 점점 더 어려워지고 있다.

치열한 경쟁 구도 속에서 사회는 더 각박해지고, 디지털 미디어 세상 속에서 보내는 시간이 많아질수록 사람과 사람 사이 대화의 시간은 줄어가고 있다. 왜곡된 SNS 세상 속에서 느끼는 상대적 박탈감은 우리의 자존감을 갉아먹는다.

낮은 자존감은 대인 관계 속에서 소통의 어려움이 발생하기 쉽다. 그리고 이는 우리의 예상보다 삶과 선택에 훨씬 큰 영향을 끼친다.

인간은 서로 소통을 통하여 가장 근본적인 삶의 충족감이 채워지는 것을 느낀다고 한다.

소통의 진정한 의미는 단순히 신체적 접촉이나 정보를 교

환하기 위해 질의응답하는 식의 대화에 그치는 것이 아닌, 언어의 도구를 통하여 감정과 공감으로 교감한다고 느끼는 것이다. 이는 신체적 접촉과 반응 신호만으로 정보 교환이 가능한 동물과 다른 점이다.

소통은 결국 서로의 감정을 알아주고, 마음이 연결되어 서로를 깊이 공감하는 것이다. 이를 통하여 세상을 살아가는 것이 '혼자'가 아닌 '서로 돌봄'까지 이르게 하는 본질적인 대화의 방법이자 '교감의 도구'이다.

'소통한다, 소통이 된다'라고 느낄 때 본능적으로 긍정적인 감정들로 충족되고, 채워지는 것을 경험할 수 있게 되는 이유이다.

현시대 속 우리는 소통의 건강한 형태를 잃어버린 채, 급격한 변화에 휩쓸리고 있다. 미디어 콘텐츠 시청, SNS 등과 같이 만나지 않고도 관계를 맺거나 대화하는 것이 가능해지고, AI나 챗봇과 같은 디지털 도구도 생겨났다.

그로 인해, 현실 속 사람들과 굳이 관계를 맺지 않아도 일시적인 감정의 충족을 느낄 수 있게 되었다.

이 시대를 살아가는 우리에게는 언젠가부터 '핵개인시대', '개인주의'와 같은 삶의 방식처럼 소통 또한 선택해야 하는 요소가 되어버린 것이다.

소통을 선택하지 않고 자기 영역 안에서만 살아가는 선택의 결과와 그 한계는 명확하다. 개인주의로 자신의 영역만을 지키며 그 테두리 안에 사는 사람은 타인과의 관계 속에서 일어나는 감정의 교류와 공감의 영역이 좁아져 소통 능력이 떨어지게 된다.

이는 사회성이 부족한 상황으로 이어진다. '감정의 깊은 공감', '교감을 통한 마음의 따뜻한 온기', '서로를 돌보는 정'과 같이 사람과 사람 사이에서만 일어날 수 있는 '심리적 치유와 소통'을 대체할 수 있는 도구는 없다.

소통하고, 사람들과의 관계를 직접 커뮤니티 안에서 경험하며 연결되어 살아갈 때, 비로소 건강한 사회 구성원으로서 살 수 있다.

소통은 사회생활을 하며 세상 속에서 살아가는 데 필요한 업무적 소통과 가족, 동료, 친구 등 주변 사람들과의 관계에서 일어나는 친밀한 소통으로 나눌 수 있다.

업무적 소통 능력이 있다고 해서 친밀하고 가까운 관계에서의 소통 능력도 있다고 할 수는 없다.

그래서 소통 안에서 세분된 영역과 소통 능력에 필요한 다양한 방법을 배워 나가는 노력과 선택이 필요하다. 이는 상대를 이해하고 넓은 시야에서 바라보는 소통 능력을 키우기 위해, 변화된 시대의 커뮤니티 속에서 필요한 영역이다.

우리는 소통이라는 도구를 통하여 관계 속에서 서로의 모습을 보게 된다. 그리고 서로의 모습을 통하여 여태껏 보지 못했던 자기 모습을 비춰볼 수 있다.

자기 모습을 돌아보고 성찰하는 시간을 통해 스스로에 대해 알아갈 수 있고, 현재 상태를 깨달으며, 성숙하게 된다.

이런 소통의 과정은 우리가 선택 앞에 섰을 때, 지혜로운 방향으로 결정하게 하는 열쇠와도 같다. 최상의 선택을 위해서는 내면을 먼저 알아야 하므로 '내면 소통'이 꼭 필요하다.

사람은 타인과의 소통을 통해 자신과도 내면 소통을 하며 스스로에 대해 배우고 깨달을 수 있다. 소통은 선택하는 데 필수 준비물이자 연결고리가 된다.

나는 소통과 선택의 연결성에 대해 깨닫게 되었다. 수없이 선택해 온 내 삶의 이유가 궁극적으로는 '세상과 연결되고 사랑하는 이들과 소통하며 사는 행복한 삶'을 위해서였다는 것을….

내가 그토록 답답하다고 느껴왔던 소통도, 세상과 연결되어 사는 삶도 모두 스스로 선택할 수 있었고, 그런 변화의 선택을 통해 나의 삶을 바꾸는 것 또한 스스로 선택할 수 있는 것이었다.

'선택'이라는 단어가 때로는 크고 무거운 숙제처럼 다가오기도 한다. 그런 선택은 우리 삶에서 떼려야 뗄 수 없는 존재지만, 결코 괴롭고 두려운 의미를 지닌 존재는 아니다.

현재보다 더 나은 삶을 살 수 있도록, 행복해질 수 있도록 돕는 도구이자 끊임없이 배움을 통하여 성장해 나가는 도구이다.

오직 자신만이 삶의 유일한 주인이기에 가질 수 있는 삶의 특별한 권리이자, 모두에게 공평하게 주어진 자유 결정권이다.

우리는 모두 각자가 세상에서 유일하게 존재하는 단 한

사람이기에 고유하고 특별하며 귀하다. 자기 삶의 가치를 믿고 포기하지 않고 살아 내기를, 미래를 새롭게 희망적으로 그려보기를, 당당하고 자신감 있게 자기만의 선택을 만들어 나가기를 바란다.

고유한 빛을 지닌 당신에게

"사장님, 사실 없어졌다고들 하지만 세상에는 신분이란 것이 아직 있는 것 같아요."

직원이 내게 물었다.

아무리 치열하게 노력해도 달라지지 않는 한계 같은 것이 존재한다고.

아무리 해도 달라지는 것이 없다면, 어떻게 살아야 하냐고.

우리는 이제 어떤 선택을 할 수 있냐고.

에필로그

나는 대답했다.

"맞아, 세상 모든 분야에는 아직도 보이지 않는 급이 있지. 하지만 항상 말한 것처럼, 북극성과 같은 자기만의 진리를 찾아야 해. 꺾을 수 없는 너만의 절대적인 가치관 말이야.

그게 돈이거나 사회의 성공인 사람들은 절대 이르기 어려운 행복이 있어. 그건 자연히 따라오는 결과물 같은 거지 가치관이 될 수 없거든. 삶은 경쟁만이 아니야. 경쟁의 구도에만 머물러 생각하게 되면 너의 삶을 잃어버린 채 살 테니까.

세상은 불공평한 게 맞아. 왠지 알아? 모두 달라서 불공평한 거야. 만약 모두 같다면, 너만의 고유함이나 빛과 같은 재능이 있을 리 없잖아. 사람들이 모두 공평하고 똑같으면 네가 특별하다고 말할 이유가 없지.

세상은 수직이 아니라 수평이야. 오르는 것이 아니라는 뜻이지. 네가 봤을 때 우리가 서 있는 땅은 평평하지? 그래

서 옛날 사람들은 세상이 평평하게 생겼다고 믿었다고 하
잖아.

우리는 태어난 자리, 현재 서 있는 그 자리에서 존재 자체
로 빛나. 마치 별처럼 말이야. 그 자리를 모르고 태어나서
천천히, 그 북극성을 따라 자기 자리를 찾는 거지.

너는 네 선택의 기준으로 삶을 선택해. 타인과 사회의 어
떤 기준도 결코 정답이 아니니까 말이야."

"삶은 오로지 자신의 것이기에, 세상에 자신만의 자리는
반드시 존재하니까."

에필로그

선택 is the key

발행일 | 2024년 4월 12일 초판 2쇄

지은이 | 남지현
펴낸이 | 장영훈
펴낸곳 | (주)이츠북스

책임편집 | 고은경
편집 | 주순옥, 박희성, 김명선
책임마케팅 | 남선희
디자인 | 디자인글앤그림
인쇄 | 영신사
용지 | 월드페이퍼

출판등록 2015년 4월 2일 제2021-000111호
주소 | 서울특별시 강서구 화곡로 416, 1715~1720호
대표전화 | 02-6951-4603
팩스 | 02-3143-2743
이메일 | 4un0-pub@naver.com

홈페이지 | www.4un0-pub.co.kr
SNS 주소 | 페이스북 www.facebook.com/saungonggam
　　　　　　인스타그램 www.instagram.com/saungonggam_pub
　　　　　　블로그 blog.naver.com/4un0-pub

ISBN | 979-11-959138-2-4(03810)

사유와공감은 독자 여러분의 책에 관한 아이디어와 원고 투고를 기쁜 마음으로 기다리고 있습니다. 책 출간 아이디어가 있으신 분은 이메일 **4un0-pub@naver.com** 또는 사유와공감 홈페이지 '작품 투고'란으로 간단한 개요와 취지, 연락처 등을 보내 주세요. 여러분을 언제나 응원합니다.